당신이라는 말
참 좋지요

문학집배원

안 도 현 의 시배달

당신이라는 말
참 좋지요

안도현 엮음

창비

당신도 시의 감동에 감염되기를

다시 살구꽃이 피는 철입니다.
시를 배달하는 집배원으로 일년을 살았습니다.

당신께 들려드릴 시를 고르고 배달하는 수고보다 가외의 소
득이 더 많았습니다. 꽃잎을 손바닥 위에 올려놓고 하나하나
헤아리며 살피듯이 시를 찬찬히 읽을 수 있었고, 시인들의
마음 하나하나를 들여다볼 수 있었습니다. 지금, 이 땅에서
시라는 양식이 가닿아야 할 곳과 물러앉아야 할 곳이 어디인
지를 곰곰 생각하는 시간도 가질 수 있었습니다.

저를 콕콕 찔렀거나, 소용돌이치게 했거나, 문득 온몸을 휘감은 시를 정성들여 모아서 보냅니다. 선정 시의 기준은 '감동'입니다. 제가 받은 감동을 당신께 전하고 싶은 것입니다. 부디 당신도 감염되어 치유할 수 없는 시의 열병 속에 갇혀서 헤어나지 못했으면 좋겠습니다.

여기에 시를 쓸 수 있도록 허락해주신 선생님들과 선후배 시인들께 꾸벅, 절을 올립니다.

2008년 봄날에
문학집배원 안도현

| 제 3 부 |

짝사랑의 흔적들

| 제 4 부 |

당신이라는 말 참 좋지요

| 일러두기 |

• 이 책의 제목은 허수경 「혼자 가는 먼 집」에서 따온 것입니다.
• 이 책의 시 원문은 '작품출전'에 따랐지만, 일부 작품은 시인(유안진 유홍준 조정권 정끝별 서정춘 홍신선 문인수 김태형 등)이 수정한 부분을 반영했습니다.

제
1
부

사랑말고는 다 고백했으니

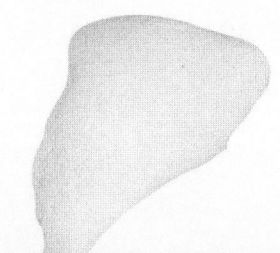

참회

김남조

사랑한 일만 빼곤
나머지 모든 일이 내 잘못이라고
진작에 고백했으니
이대로 판결해다오

그 사랑 나를 떠났으니
사랑에게도 분명 잘못하였음이라고
준열히 판결해다오

겨우내 돌 위에서
울음 울 것
세번째 이와 같이 판결해다오
눈물 먹고 잿빛 이끼
청청히 자라거든

내 피도 젊어져
새봄에 다시 참회하리라

사랑의 끝은 이렇듯 아픈 참회이거나 혹독한 원망입니다. 사랑의 책임을 안으로 돌리면 참회가 되고, 밖으로 돌리면 원망이 되는 거지요. 참회하는 일은 매서운 회초리로 자신을 세차게 때리는 일입니다. 시의 어투에서 엿보이는 것처럼 그 뉘우침의 의지가 단호합니다. 준열합니다.

아무래도 사랑이란 솜사탕처럼 허황한 꿈을 꾸는 게 아닌 것 같습니다. 단단하게 나를 다스리는 일, 그게 사랑의 진정한 의미라는 생각이 드는군요. 또한 사랑에 실패했다고 해서 주저앉아 있을 수만은 없습니다. 시인은 "겨우내 돌 위에서/울음 울"듯 견뎌야 한다고 말합니다.

당신은 얼음장처럼 차가운 돌 위에다 자신을 세워두고 울어본 적이 있는지요?

참 긴 말

강미정

일손을 놓고 해 지는 것을 보다가

저녁 어스름과 친한 말이 무엇일까 생각했다

저녁 어스름, 이건 참 긴 말이리

엄마 언제 와? 묻는 말처럼

공복의 배고픔이 느껴지는 말이리

마른 입술이 움푹 꺼져 있는 숟가락을 핥아내는 소리같이

죽을 때까지 절망도 모르는 말이리

이불 속 천길 뜨거운 낭떠러지로 까무러지며 듣는

의자를 받치고 서서 일곱살 붉은 손이

숟가락으로 자그락자그락

움푹한 냄비 속을 젓고 있는 아득한 말이리

잘 있냐? 병 앓고 일어난 어머니가 느린 어조로

안부를 물어오는 깊고 고요한 꽃그늘 같은 말이리

해는 지고 어둑어둑한 밤이 와서

저녁 어스름을 다 꺼뜨리며 데리고 가는
저 멀리 너무 멀리 떨어져 있는 집
괜찮아요, 괜찮아요 화르르 핀 꽃처럼
소리 없이 우는 울음을 가진 말이리
시간이 너무 오래 걸리는 저녁 밥상 앞
자꾸자꾸 자라고 있는 너무 오래 이어지고 있는
엄마 언제 와? 엄마, 엄마라고 불리는 참 긴 이 말
겨울 냇가에서 맨손으로 씻어내는 빨랫감처럼
손이 곱는 말이리 참 아린 말이리

누구에게나 사무치는 말이 있고, 가슴을 후벼파는 문장이
있지요. 몸에 들어왔다가 나가라고 해도 나가지 않는 말이 있지요.

아예 몸속에 옹이처럼 박혀 몸하고 같이 사는 말, 건드리기만 하
면 금세 서러움의 현을 건드려 울음으로 쏟아지고 마는 말, 그 말 속
으로 도망가고 싶은 말, 그 말이 아니면 도저히 다른 말로는 말할 수
도 없고, 말이 되지도 않는 말, 상처의 딱지 같은 말, 독약 같은 말,
종교처럼 슬픈 말, 부서지기 쉬운 말, 그러다가도 촉촉해지는 말, 우
리를 가두는 말, 우리를 해방시켜주는 말······

그런 말이 있지요. 당신에게도 있고 나한테도 있지요.

지퍼

송승환

건너편 사람들 틈에 환영처럼 그녀가 있다

한번 벌어지면 쉽게 채워지지 않는다

선로 위 끊임없이 지하철이 달려온다

젊은 시인의 첫시집 『드라이아이스』에서 고른 시입니다.

말의 물기가 적어 건조하고 딱딱해 보이기까지 합니다. 연과 연 사이의 간격이 넓어 독자들에게 툭툭 엉뚱한 말을 던지는 듯하고, 이해할 테면 이해해보라고 시큰둥하게 말을 거는 것 같기도 합니다. 하지만 지퍼와 지하철의 유사성이라는 비유를 자세히 살펴본다면 이해하지 못할 시는 아닙니다. 고장난 지퍼의 이야기로 읽어도 좋고, 한 남자와 여자의 이별노래로 읽어도 좋고, 관계맺기의 어려움을 하소연하는 시로 읽어도 좋고, 소통불가능의 시대를 위한 시로 읽어도 좋습니다.

시 앞에서 지나치게 심각해지면 시한테 당하고 맙니다. 부디 당하지 마시기 바랍니다.

겨울 풍경

박남준

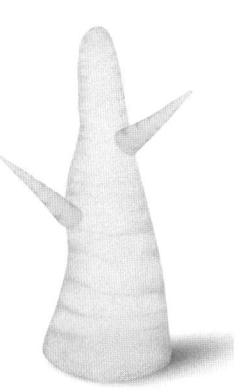

겨울 햇볕 좋은 날 놀러 가고
사람들 찾아오고
겨우 해가 드는가
밀린 빨래를 한다 금세 날이 꾸무럭거린다
내미는 해 노루꽁지만하다
소한대한 추위 지나갔다지만
빨랫줄에 널기가 무섭게
버쩍버썩 뼈를 곧추세운다
세상에 뼈 없는 것들 어디 있으랴
얼었다 녹았다 겨울빨래는 말라간다
삶도 때로 그러하리
언젠가는 저 겨울빨래처럼 뼈를 세우기도
풀리어 날리며 언 몸의 세상을 감싸주는
따뜻한 품안이 되기도 하리라

처마 끝 양철지붕 골마다 고드름이 반짝인다
지난 늦가을 잘 여물고 그중 실하게 생긴
늙은 호박들 이집 저집 드리고 나머지
자투리들 슬슬 유통기한을 알린다
여기저기 짓물러간다
내 몸의 유통기한을 생각한다 호박을 자른다
보글보글 호박죽 익어간다
늙은 사내 하나 산골에 앉아 호박죽 끓인다
문밖은 여전히 또 눈보라
처마 끝 풍경소리 나 여기 바람 부는 문밖 매달려 있다고
징징거린다

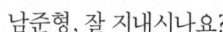

　남준형, 잘 지내시나요?

　거기 악양 들판, 지금도 햇볕이 잘 들지요? 모악산 골짜기에 살 때
보다는 햇볕이 너무나 양명해서 하루에 빨래를 두 번 해도 된다, 하
였지요. 혼자 밀린 빨래 하고, 이집 저집 늙은 호박 나눠주고, 눈보라
치는 날 호박죽을 끓이는 형의 그 아름다운 청승을 우리는 잘 알지
요. 옆에 여자 없이도, 주머니에 돈 없이도 한생을 잘 밀고 가는 그
반승반속(半僧半俗)의 자유를 우리는 부러워하고 있는지도 몰라요.
하지만 한편으로는 형을 생각하면 짠한 마음이 들기도 하지요. 술
과하게 마신 다음날 해장국을 끓여주는 사람이 옆에 없다는 것 때문
이지요.

　남준형, 처마 끝 풍경소리처럼 바깥에서 문 두드리는, 숨겨둔, 징
징거리는 여자 하나 어디 없나요?

사람이 사람에게

홍신선

2월의 덕소(德沼) 근처에서
보았다 기슭으로 숨은 얼음과
햇볕들이 고픈 배를 마주 껴안고
보는 이 없다고
녹여주며 같이 녹으며
얼다가
하나로 누런 잔등 하나로 잠기어
가라앉는 걸.
입 닥치고 강 가운데서 빠져
죽는 걸.

외돌토리 나뉘인 갈대들이
언저리를 둘러쳐서
그걸

외면하고 막아주는
한가운데서
보았다,
강물이 묵묵히 넓어지는 걸.

사람이 사람에게 위안인 걸.

햇볕이 일방적으로 얼음을 녹이는 게 아니었군요. 얼음을 마주 껴안고 녹여주는 것이었군요. 둘이서 같이 녹으며 또 같이 어는 것이었군요. 얼음과 햇볕이 서로 대립하는 게 아니라 그렇게 둘이 사랑하는 관계라는 것을 포착한 시인의 눈이 따스합니다. 게다가 갈대들은 짐짓 모른 척 외면함으로써 사랑에 참여하고, 강물은 묵묵히 넓어짐으로써 사랑을 완성합니다. 제각기 따로따로인 듯하지만 모두가 하나로 연결되어 있습니다. "나는 너, 너는 나"일 때 세상은 화평해집니다. 사람이 사람에게 위안인 것처럼.

도보순례

이문재

나 돌아갈 것이다
도처의 전원을 끊고
덜컹거리는 마음의 안달을
마음껏 등질 것이다

나에게로 혹은 나로부터
발사되던 직선들을
짐짓 무시할 것이다

나 돌아갈 것이다
무심했던 몸의 외곽으로 가
두 손 두 발에게
머리 조아릴 것이다
한없이 작아질 것이다

어둠을 어둡게 할 것이다
소리에 민감하고
냄새에 즉각 반응할 것이다
하나하나 맛을 구별하고
피부를 활짝 열어놓을 것이다
무엇보다 두 눈을 쉬게 할 것이다

이제 일하기 위해 살지 않고
살기 위해 일할 것이다
생활하기 위해 생존할 것이다
어두워지면 어두워질 것이다

휴대전화와 스케줄 때문에 안달난 마음이 덜컹거리는 당신께, 시간에 쫓기고 일에 치여 지치고 힘든 당신께 이 시를 드립니다. 이 시를 책상 앞에 붙여두시기 바랍니다. 하루에 세 번, 자신에게 기도하듯 읽어주기 바랍니다.

우리는 시원으로부터 이미 너무 멀리 걸어왔습니다. 하지만 돌아가는 일을 포기할 수는 없습니다. "나 돌아갈 것이다"라고 외친다고 단숨에 돌아갈 수는 없습니다. 단 하루라도 컴퓨터와 휴대전화, 그리고 자동차 없이 산다면 가장 먼저 불안과 불편이 당신을 찾아올 것입니다. 그 불안과 불편을 물리치지 말고 몸속으로 불러들여야 합니다. 어두워진다고 불을 켜서는 안됩니다. 어두워지면 당신도 어두워져야 합니다.

폭설

오탁번

삼동(三冬)에도 웬만해선 눈이 내리지 않는
남도(南道) 땅끝 외진 동네에
어느 해 겨울 엄청난 폭설이 내렸다
이장이 허둥지둥 마이크를 잡았다
— 주민 여러분! 삽 들고 회관 앞으로 모이쇼잉!
   눈이 좆나게 내려부렀당께!

이튿날 아침 눈을 뜨니
간밤에 또 자가웃 폭설이 내려
비닐하우스가 몽땅 무너져내렸다
놀란 이장이 허겁지겁 마이크를 잡았다
— 워메, 지랄나부렀소잉!
   어제 온 눈은 좆도 아닝께 싸게싸게 나오쇼잉!

왼종일 눈을 치우느라고
깡그리 녹초가 된 주민들은
회관에 모여 삼겹살에 소주를 마셨다
그날밤 집집마다 모과빛 장지문에는
뒷물하는 아낙네의 실루엣이 비쳤다

다음날 새벽 잠에서 깬 이장이
밖을 내다보다가, 앗! 소리쳤다
우편함과 문패만 빼꼼하게 보일 뿐
온 천지(天地)가 흰 눈으로 뒤덮여 있었다
하느님이 행성(行星)만한 떡시루를 뒤엎은 듯
축사 지붕도 폭삭 무너져내렸다

좆심 뚝심 다 좋은 이장은

윗목에 놓인 뒷물대야를 내동댕이치며
우주(宇宙)의 미아(迷兒)가 된 듯 울부짖었다
― 주민 여러분! 워따, 귀신 곡하겄당께!
　인자 우리 동네, 몽땅 좆돼버렸쇼잉!

시중에 떠도는 우스갯소리를 멋지게 한 편의 시로 엮었습니다. 원래 시중에 떠돌던 농담에는 폭설이라는 자연현상을 표현하는 해학적인 전라도 사투리가 점층적으로 드러나 있을 뿐입니다. 이 시는 그 이야기에다 새롭게 에로티시즘을 결합했습니다. 그 에로티시즘으로 하여 물기가 감돌고 뼈대가 건강한 시가 탄생했습니다. 오탁번 시인의 시집 『손님』에는 이렇듯 민중적 에로티시즘에 바탕을 둔 시편들이 여럿 들어 있지요. 일독을 권합니다. 그의 시를 읽을 때는 심각한 표정을 지을 필요가 없습니다. 시인이 자분자분 들려주는 천진하고 유쾌한 말을 따라다니다보면 저절로 얼굴에 꽃이 핍니다. 영양크림이 따로 없습니다.

별의 각질

이병률

애초 내가 맡은 일은 벽에 그려진 그림의 원본을 추적하여 도화지에 옮겨 그리는 일이었다 부러진 이 가지 끝에 잎이 달렸을까 이 기와 끝에 매달린 것이 하늘이었을까 하루 이틀 상상하는 일을 마치고 처음 한 일은 붓으로 벽을 터는 일이었다 벽에다 말을 걸듯 천천히

도저히 겹치지 않는 다른 그림이 나왔다 누군가 흰 칠을 해 그림을 지우고 다시 그린 것이 아닌가 하여 벽 한 귀퉁이를 분할한 다음 붓으로 다시 열흘을 털었다

연못이 그려져 흐르고 있었다 다시 다른 구석을 닷새를 터니 악기를 든 사람들이 소리를 지르고 있었다 성문을 지키는 성지기가, 죽은 물고기가 올려진 천칭의 한쪽 모습도 보였다

흰 칠을 하고 바람이 지나면 그림을 그리고 지워지면 다시
흰 칠을 하여 그림을 올리고

다시 흰 칠을 하고 그림을 그려 흰 칠과 그림이 누대를 교차
하는 동안 강이 불어나고 피가 튀고 폭설이 내려 수천의 별들
이 번지고 내밀한 것처럼 밀리고 씻기고 쓸려 말라갔던 벽

벽을 찔러 조심스레 들어내어 박물관으로 옮기면서 육백여
년 동안 그려진 그림이 수십겹이라는 사실에 미어지는 걸 받
치느라 나는 가매지고 무거워진다 책 냄새를 맡는다 살 냄새
였던가

보기 드문, 참으로 매혹적인 시입니다. 이병률은 연못처럼 맑은 젊은 시인인데, 상상의 품격이 높고, 감각의 넓이가 그윽합니다. 시종 목소리의 톤을 고르게 유지하면서도 시적 긴장이 살아 있습니다. 이 시는 한마디로 시간에 대한 시라 할 수 있습니다. 우주의 시간이 어떻게 덧쌓이는지, 그렇게 덧쌓인 시간이 어떻게 나에게 연결되어 있는지, 나라는 존재는 시간에 대해 어떤 반응을 해야 하는지 우리는 시를 읽으며 성찰하게 됩니다. 우리는 누구나 별이 되기를 원하지만 실은 별의 각질에 불과한 존재들이 아닌지요?

춘천은 가을도 봄이지

유안진

겨울에는 불광동이, 여름에는 냉천동이 생각나듯
무릉도원은 도화동에 있을 것 같고
문경에 가면 괜히 기쁜 소식이 기다릴 듯하지
추풍령은 항시 서릿발과 낙엽의 늦가을일 것만 같아

춘천(春川)도 그렇지
까닭도 연고도 없이 가고 싶지
얼음 풀리는 냇가에 새파란 움미나리 발돋움할 거라
녹다 만 눈웅달 발치에 두고
마른 억새 께벗은 나뭇가지 사이사이로
피고 있는 진달래꽃을 닮은 누가 있을 거라
왜 느닷없이 불쑥불쑥 춘천을 가고 싶어지지
가기만 하면 되는 거라
가서, 할 일은 아무것도 생각나지 않는 거라

그저, 다만 새봄 한아름을 만날 수 있을 거라는
기대는, 몽롱한 안개 피듯 언제나 춘천 춘천이면서도
정말, 가본 적은 없지
엄두가 안 나지, 두렵지, 겁나기도 하지
봄은 산 너머 남촌 아닌 춘천에서 오지

여름날 산마루의 소낙비는 이슬비로 몸 바꾸고
단풍든 산허리에 아지랑거리는 봄의 실루엣
쌓이는 낙엽 밑에는 봄나물 꽃다지 노랑웃음도 쌓이지
단풍도 꽃이 되지 귀도 눈이 되지
춘천(春川)이니까.

시인은 1941년생인데, 시는 열서너살 파릇파릇한 소녀의 마음입니다. 지명을 가리키는 불광동, 냉천동, 문경, 추풍령, 그리고 춘천이라는 말 한마디에 화들짝 놀라 반응하는 마음이 천진난만에 가깝습니다. "까닭도 연고도 없이" "느닷없이 불쑥불쑥" 기대하고, 몽롱하게 꿈꾸고, 그러다가 두려워하는, 이 마음의 풍경을 감히 사랑이라 불러도 될까요? 사랑이 문득 설렘과 떨림으로 오듯 봄도 그렇게 옵니다.

당신도 춘천에 가고 싶은가요? 만약에 춘천에 가고 싶어하는 간절한 마음이 없다면 당신의 사랑은 이미 늙어버렸다는 뜻입니다. 그러니 어서 한번도 가보지 않은 춘천에 가볼 꿈을 꾸십시다, 사철 어느 때라도.

목돈

장석남

책을 내기로 하고 300만원을 받았다
마누라 몰래 주머니에 넣고 다닌다
어머니의 임대아파트 보증금으로 넣어 월세를 줄여드릴 것
인가,
말하자면 어머니 밤 기도의 목록 하나를 덜어드릴 것인가
그렇게 할 것인가 이 목돈을,
깨서 애인과 거나히 술을 우선 먹을 것인가 잠자리를 가질
것인가
돈은 주머니 속에서 바싹바싹 말라간다
이틀이 가고 일주일이 가고 돈봉투 끝이 나달거리고
호기롭게 취한 날도 집으로 돌아오며 뒷주머니의 단추를 확
인하고
다음날 아침에도 잘 있나, 그럴 성싶지 않은 성기처럼 더듬
어 만져보고

잊어버릴까 어디 책갈피 같은 데에 넣어두지도 않고,
   대통령 경선이며 씨가 말라가는 팔레스타인 민족을 텔레비
전 화면으로
   바라보면서도 주머니에 손을 넣어 꼭 쥐고 있는
   내 정신의 어여쁜 빤쓰 같은 이 300만원을,
   나의 좁은 문장으로는 근사히 비유하기도 힘든
   이 목돈을 나는 어떻게 할 것인가

   평소의 내 경제관으론 목돈이라면 당연히 땅에 투기해야 하
지만
   거기엔 턱도 없는 일, 허물어 술을 먹기에도 이미 혈기가 모
자라
   황홀히 황홀히 그저 방황하는,
   주머니 속에서, 가슴속에서

방문객 앞에 엉겁결에 말아쥔 애인의 빤쓰 같은

이 목돈은 날마다 땀에 절어간다

불현듯 목돈 300만원이 생긴다면 나도 장석남 시인처럼 쩔쩔맬 것 같습니다. 이러지도 저러지도 못하고 어정쩡하게 주머니에 돈을 넣어두고 황홀하게 그저 방황할 것 같습니다. 시인은 근사하게 비유하기 힘들다고 겸손해하지만, "내 정신의 어여쁜 빤쓰"라는 멋진 비유는 이 시의 꽃이랄 수 있습니다. 앞으로 내야 할 책은 높은 '정신'의 산물인데, 계약금 300만원과 그 쓰임새를 궁리하는 것은 '빤쓰'처럼 얇고 속된 일이라는 뜻이겠지요.

　이런 쩨쩨함에 대해 나무라지 마시기를 바랍니다. 쩨쩨한데도 쩨쩨하지 않은 척하는 것보다는 백배 천배 낫습니다.

백년 정거장

유홍준

백년 정거장에 앉아
기다린다 왜 기다리는지
모르고 기다린다 무엇을 기다리는지
잊어버렸으면서 기다린다 내가 일어나면
이 의자가 치워질까봐 이 의자가
치워지면 백년 정거장이
사라질까봐
기다린다 십년 전에 떠난 버스는
돌아오지 않는다 십년 전에 떠난 버스는
이제 돌아오면 안된다 오늘도 나는 정거장에서 파는
잡지처럼 기다린다 오늘도 나는 정거장 한구석에서 닦는
구두처럼 기다린다 백년 정거장의 모든 버스는
뽕짝을 틀고 떠난다 백년 정거장의
모든 버스는 해질녘에 떠난다 백년

정거장의 모든 버스는 가면
돌아오지 않는다 바닥이 더러운 정거장에서
천장에 거미줄 늘어진 정거장에서
오늘도 너는 왜
기다리는지……
모르면서 기다린다 무엇을
기다리는지도 모르면서 기다린다

백년 정거장이 어디 있는지 아시는지요?

술 실력이 대단한 유홍준 시인한테 물어보면 아마 이렇게 답할 듯합니다.

—백년 술집에서 술이나 한잔하시지요.

그다음부터는 백년 술집에 앉아 왜 마시는지 모르고 마시는 거지요. 우리가 일어서면 의자가 치워질까봐, 의자가 치워지면 백년 술집이 사라질까봐 마시는 거지요. 백년 술집의 모든 술은 마시면 사라지지요. 술집의 주전자처럼 마시고, 술잔처럼 마시는 거지요. 무엇을 마시는지도 모르고 마시는 거지요. 백년 술집에서 우리는, 우리를 스치고 가는 어떤 시간에 대해, 상처에 대해, 간절함에 대해 이야기하기도 하겠지요.

그 변소간의 비밀

박규리

    십년 넘은 그 절 변소간은 그동안 한번도 똥을 푼 적 없다는
데요 통을 만들 때 한 구멍 뚫었을 거라는 둥 아예 처음부터
밑이 없었다는 둥 말도 많았습니다 변소간을 지은 아랫말 미
장이 영감은 벼락 맞을 소리라고 펄펄 뛰지만요, 하여간 그곳
은 이상하게 냄새도 안 나고 볼일 볼 때 그것이 튀어 엉덩이에
묻는 일도 없었지요 어쨌거나 변소간 근처에 오동나무랑 매
실나무가 그 절에서는 가장 눈에 띄게 싯푸르고요 호박이랑
산수유도 유난히 크고 환한 걸 보면요 분명 뭔가 새긴 새는 것
이라고 딱한 우리 스님도 남몰래 고개를 갸우뚱거리는데요
누가 알겠어요, 저 변소는 이미 제 가장 깊은 곳에 자기를 버
릴 구멍을 스스로 찾았는지도요 막막한 어둠속에서 더 갈 곳
없는 인생은 스스로 길이 보이기도 하는 것이어서요 한줌 사
랑이든 향기 잃은 증오든 한 가지만 오래도록 품고 가슴 썩은
것들은, 남의 손 빌리지 않고도 속에 맺힌 서러움 제 몸으로

걸러서, 세상에 거름 되는 법 알게 되는 것이어서요 십년 넘게 남몰래 풀과 나무와 바람과 어우러진 늙은 변소의 장엄한 마음을, 알 만한 사람은 다 알 만도 하지만요 밤마다 변소가 참말로 오줌 누고 똥 누다가 방귀까지 뀐다고 어린 스님들 앞에서 떠들어대는 저 구미호 같은 보살말고는, 그 누가 또 짐작이나 하겠어요

이 시를 처음 읽었을 때 저는 답답하던 가슴이 뻥 뚫리는 것 같았습니다. 변소간의 그 보이지 않는 구멍이 제 마음을 관통한 것입니다. 변소의 역할은 자기 몸에 똥을 채우는 일입니다. 이 세상에서 가장 천하고 가장 더러운 것을 몸으로 받는 일이지요. 그러나 늙은 변소는 사랑과 증오와 서러움을 다 거르고 삭혀서 세상에다 되돌려줍니다. 그것은 자기를 버려야 가능한 일입니다. 그러하므로 분명히 장엄한 일임에 틀림없습니다. 오만하기 짝이 없는 우리 인간들이야 그 뜻을 한 치라도 헤아리기나 하겠습니까?

동그라미

이대흠

어머니는 말을 둥글게 하는 버릇이 있다
　오느냐 가느냐라는 말이 어머니의 입을 거치면 옹가 강가가
되고 자느냐 사느냐라는 말은 장가 상가가 된다 나무의 잎도
그저 푸른 것만은 아니어서 밤낭구 잎은 푸르딩딩해지고 밭에
서 일하는 사람을 보면 일항가 댕가 하기에 장가가는가라는
말은 장가강가가 되고 애기 낳는가라는 말은 아 낭가가 된다

　강가 낭가 당가 랑가 망가가 수시로 사용되는 어머니의 말
에는
　한사코 ㅇ이 다른 것들을 떠받들고 있다

　남한테 해코지 한번 안하고 살았다는 어머니
　일생을 흙 속에서 산,

무장 허리가 굽어져 한쪽만 뚫린 동그라미 꼴이 된 몸으로
어머니는 아직도 당신이 가진 것을 퍼주신다
머리가 발에 닿아 둥글어질 때까지
C자의 열린 구멍에서는 살리는 것들이 쏟아질 것이다

우리들의 받침인 어머니
어머니는 한사코
오순도순 살어라이 당부를 한다

어머니는 모든 것을 둥글게 하는 버릇이 있다

모든 것을 둥글게 만드는 어머니와 'ㅇ'의 결합이 딱 맞아떨어집니다. 우리말 유성음 'ㅇ'의 풍성한 잔치입니다. 이 시 한 편에 'ㅇ'이 얼마나 많이 쓰였는지 헤아려보려다가 그만두었습니다. 'ㅇ'의 개수를 파악하고 나면 'ㅇ'의 끝없는 울림이 그칠 것만 같아서였습니다. 이 'ㅇ'의 힘은 어머니의 힘인 동시에 남도의 힘이요, 흙의 힘이기도 합니다. 이 앞에서는 막대기의 뻣뻣함, 직선의 횡포, 남성의 폭력, 도시의 이기심이 다 무릎을 꿇습니다. 오로지 어머니만이 이 세상의 받침입니다.

　　저도 시인의 어머니 흉내를 내 당신에게 물어봅니다.

　　—긍가 안 긍가?

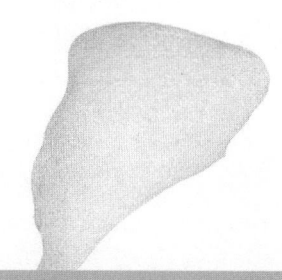

제
2
부

눈물은 왜 짠가

손끝으로 달을 만지다

송종찬

아내의 둥근 가슴을 만지다보면 낮은 천장에도 어둠을 밝히는 달이 떠올랐다 초승달 보름달 사이로 자전을 하고 파도가 밀물져 들 때 작은 돛을 띄워 달에게로 건너가곤 하였다

구름에 가려져 있다가 밤이면 파란 실핏줄을 드러내는 달 그 달에서 지구라는 별을 바라보면 버찌가 익어가는 엄마 품을 빠져나온 불빛들이 강을 따라 소곤소곤 흘러가는 모습이 보였다

아내의 젖가슴 사이로 마그마 소리 들리기도 하였다 그런 밤에는 우거진 삼나무숲에 피어 있을 붉은 열매들이 생각났고 짐승의 피처럼 뜨거워져 짙은 안개 속을 헤집고 다녔다

아내의 둥근 가슴을 만지다보면 손가락도 어느새 둥그러졌

다 창문에 얼비치는 쪽달의 야윈 볼을 어루만지고 바닷가 할
머니의 거친 무덤을 쓰다듬고 파도 끝에서는 월식이 시작되
었다

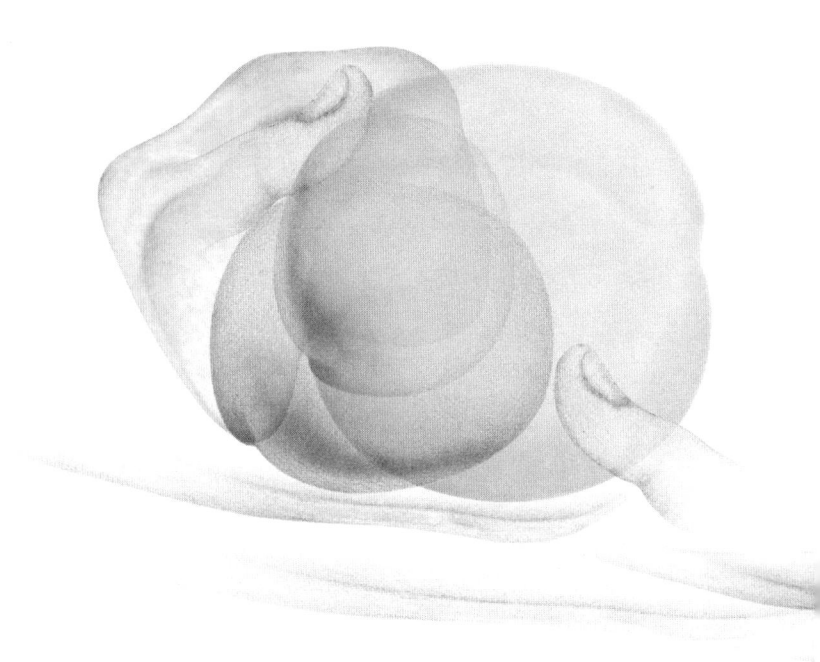

손끝으로 만지는 아내의 둥근 가슴을 시인은 달이라고 말합니다. 이것은 여성적인 에너지의 상징으로 달을 인식한다는 뜻입니다. 아내의 가슴, 즉 달을 만지다보면 손가락이 둥글어진다고 하지 않습니까? 초승달이 보름달로 스스로를 완성하듯이 모성을 통해 우리는 완전한 인간으로 다시 태어난다는 말이지요. 그 무엇이든 어루만지고 쓰다듬는 행위는 사랑의 표현입니다. 사랑은 야윈 것들과 거친 것들을 풍요롭고 부드럽게 하며, 심지어 죽은 것들까지 살려냅니다. 이 우주의 큰 공사가 젖가슴을 만지는 데서 시작한다고, 시인은 은근슬쩍 말하고 있는 게 아닐까요?

가지가 담을 넘을 때

정끝별

이를테면 수양의 늘어진 가지가 담을 넘을 때
그건 수양 가지만의 일은 아니었을 것이다
얼굴 한번 못 마주친 애먼 뿌리와
잠시 살 붙였다 적막히 손을 터는 꽃과 잎이
혼연일체 믿어주지 않았다면
가지 혼자서는 한없이 떨기만 했을 것이다

한 닷새 내리고 내리던 고집 센 비가 아니었으면
밤새 정분만 쌓던 도리 없는 폭설이 아니었으면
담을 넘는다는 게
가지에게는 그리 신명나는 일이 아니었을 것이다
무엇보다 가지의 마음을 머뭇 세우고
담 밖을 가둬두는
저 금단의 담이 아니었으면

담의 몸을 가로지르고 담의 정수리를 타넘어
담을 열 수 있다는 걸
수양의 늘어진 가지는 꿈도 꾸지 못했을 것이다

그러니까 목련 가지라든가 감나무 가지라든가
줄장미 줄기라든가 담쟁이 줄기라든가
가지가 담을 넘을 때 가지에게 담은
무명에 일획을 긋는
도박이자 도반이었을 것이다

친구에게 상처 받았을 때, 애인에게 배신당했을 때, 세상에 절망했을 때, 가만히 이 시를 읽어도 좋겠군요. 좀 거창하게 말하면, 이 시는 불교에서 말하는 화엄의 세계를 그리고 있습니다. '너' 없는 '나'는 존재할 수 없다는 것이지요. '나'를 둘러싼 모든 것들이 '너'가 아니라 결국은 온전한 '나'라는 것입니다. '나'를 가두는 담도 감옥도 '나'라는 것입니다.

시의 마지막 석 줄을 읽고 나니 설렘으로 마음이 출렁입니다. 담을 넘어야 비로소 이름을 얻는다고 하니까요. 그게 도박이라 해도 알고 보면 도반이라 합니다. 끝에다 느낌표를 하나 꽝, 찍어두고 싶습니다.

눈 내리는 내재율

저물 무렵 내리는 눈은 방마다 조용히 불고 있는 마을의 불빛들을 닮아가는군요
눈들은 한 송이 한 송이 저마다 다른 시간을 가지고 있는 것 같습니다
그리고 지금 저는 그 고요한 시간마다 눈을 맞추고 있는 것이지요
사람은 누구나 자신의 눈을 가장 그리워하는 것 같습니다 ─ 2004년 1월 26일

김경주

뚜껑이 열린 채 버려진
밥통 속으로 눈이 내린다
눈들의 운율이
바닥에 쌓이고 있는 것이다
어린 쥐들의 깨진 이빨조각 같은 것이
늦은 밤 돌아와 으스스 떨며
바닥을 긁던,
숟가락이 지나간 자리 같은 것이
양은의 바닥에 낭자하다

제 안의 격렬한 온도를,
수천번 더 뒤집을 수 있는
밥통의 연대기가 내게는 없다
어쩌면 송진(松津)처럼 울울울 밖으로
흘러나오던 밥물은

그래서 밥통의 오래된 내재율이 되었는지
품은 열이 말라가면,
음악은 스스로 물러간다는데
새들도 저녁이면 저처럼
자신이 닿을 수 없는 음역으로
열을 내려보내는 것인지 모른다는 생각

속으로 뜨겁게 뒤집었던 시간을 열어 보이며

몸의 열을 다 비우고 나서야
말라가는 생이 있다
봄날은 방에서 혼자 끓고 있는
밥물의 희미한 쪽이다

'눈 내리는 내재율'이라는 전대미문의 통사구조를 보며 눈을 동그랗게 뜰 필요는 없습니다. 뚜껑이 열린 밥통 속으로 내려 쌓이는 눈, 저녁에 내려앉는 새, 밥통 속에서 끓는 밥물. 이 세 가지 이미지의 병치만으로도 충분히 아름다운 시입니다. 시인이 툭툭 던지는 이미지와 리듬에 그냥 몸을 맡겨볼 일입니다. 이 새로운 시인의 문법은 낯익은 것과 낯선 것 사이에서 긴장을 잃지 않고 한창 팽팽합니다. 그는 시적 생부와 계부 사이에서 갈등하는 동안 자신의 길을 만들어냈습니다. 앞으로 아무도 "닿을 수 없는 음역"을 시인이 어떻게 찾아가는지 지켜봐주기 바랍니다.

아이를 키우며

럼형미

처녀시절 나 홀로 공상에 잠길 때며는
무지개 웃는 저 하늘가에서
날개 돋쳐 훨훨 나에게 날아오던 아이
그애는 얼마나 곱고 튼튼한 사내였겠습니까

그러나 정작 나에게 생긴 아이는
눈이 크고 가냘픈 총각애
총 센 머리칼 탓인 듯 머리는 무거워 보여도
물푸레아지인 양 매출한 두 다리는
어방없이 날쌘 장난꾸러기입니다

유치원에서 돌아오기 바쁘게
고삐 없는 새끼 염소마냥
산으로 강으로 내닫는 그애를 두고

시어머니도 남편도 나를 탓합니다
다른 집 애들처럼 붙들어놓고
무슨 재간이든 배워줘야 하지 않는가고

그런 때면 나는 그저 못 들은 척
까맣게 탄 그애 몸에 비누거품 일구어댑니다
뭐랍니까 그애 하는 대로 내버려두는데
정다운 이 땅에 축구공마냥 그애 맘껏 딩구는데

눈 올 때면 눈사람도 되어보고
비 올 때면 꽃잎마냥 비도 흠뻑 맞거라
고추잠자리 메뚜기도 따라잡고
따끔따끔 쐐기에 질려도 보려무나

푸르른 이 땅 아름다운 모든 것을
백지같이 깨끗한 네 마음속에
또렷이 소중히 새겨넣어라
이 엄마 너의 심장은 낳아주었지만
그 속에서 한생 뜨거이 뛰여야 할 피는
다름아닌 너 자신이 만들어야 한단다

네가 바라보는 하늘
네가 마음껏 딩구는 땅이
네가 한생토록 안고 살 사랑이기에
아들아, 엄마는 그 어떤 재간보다도
사랑하는 법부터 너에게 배워주련다
그런 심장이 가진 재능은
지구 우에 조국을 들어올리기에……

당신에게 꼭 보여주고 싶은 시입니다.

이 시를 읽고는 심장이 마구 요동쳤습니다. 우리가 알지 못하는 몇몇 생경한 어휘들도 장애가 되지 않았습니다. 진한 인간의 냄새 때문이었습니다. "이 엄마 너의 심장은 낳아주었지만／그 속에서 한생 뜨거이 뛰여야 할 피는／다름아닌 너 자신이 만들어야 한단다" 이 구절 앞에서 저는 박수를 치고 싶었고, 아이를 키우는 아버지의 한사람으로서 왠지 심히 부끄러웠습니다.

렴형미 시인은 함경북도 청진 출생으로 북에서 활동하고 있는 젊은 여성시인입니다. 1999년 이후에 작품을 활발하게 발표하기 시작했는데, 북의 어려운 현실을 견디며 사는 여성의 목소리를 시에 주로 담고 있다고 합니다.

눈물은 왜 짠가

함민복

지난여름이었습니다 가세가 기울어 갈 곳이 없어진 어머니를 고향 이모님 댁에 모셔다드릴 때의 일입니다 어머니는 차 시간도 있고 하니까 요기를 하고 가자시며 고깃국을 먹으러 가자고 하셨습니다 어머니는 한평생 중이염을 앓아 고기만 드시면 귀에서 고름이 나오곤 했습니다 그런 어머니가 나를 위해 고깃국을 먹으러 가자고 하시는 마음을 읽자 어머니 이마의 주름살이 더 깊게 보였습니다 설렁탕집에 들어가 물수건으로 이마에 흐르는 땀을 닦았습니다

"더울 때일수록 고기를 먹어야 더위를 안 먹는다 고기를 먹어야 하는데…… 고깃국물이라도 되게 먹어둬라"

설렁탕에 다대기를 풀어 한 댓 숟가락 국물을 떠먹었을 때였습니다 어머니가 주인아저씨를 불렀습니다 주인아저씨는 뭐 잘못된 게 있나 싶었던지 고개를 앞으로 빼고 의아해하며 다가왔습니다 어머니는 설렁탕에 소금을 너무 많이 풀어 짜

서 그런다며 국물을 더 달라고 했습니다 주인아저씨는 흔쾌
히 국물을 더 갖다주었습니다 어머니는 주인아저씨가 안 보
고 있다 싶어지자 내 투가리에 국물을 부어주셨습니다 나는
당황하여 주인아저씨를 흘금거리며 국물을 더 받았습니다 주
인아저씨는 넌지시 우리 모자의 행동을 보고 애써 시선을 외
면해주는 게 역력했습니다 나는 그만 국물을 따르시라고 내
투가리로 어머니 투가리를 툭, 부딪쳤습니다 순간 투가리가
부딪치며 내는 소리가 왜 그렇게 서럽게 들리던지 나는 울컥
치받치는 감정을 억제하려고 설렁탕에 만 밥과 깍두기를 마
구 씹어댔습니다 그러자 주인아저씨는 우리 모자가 미안한
마음 안 느끼게 조심, 다가와 성냥갑만한 깍두기 한 접시를 놓
고 돌아서는 거였습니다 일순, 나는 참고 있던 눈물을 찔끔 흘
리고 말았습니다 나는 얼른 이마에 흐른 땀을 훔쳐내려 눈물
을 땀인 양 만들어놓고 나서, 아주 천천히 물수건으로 눈동자

에서 난 땀을 씻어냈습니다 그러면서 속으로 중얼거렸습니다

눈물은 왜 짠가

굳이 고상한 척, 잘난 척해야만 시가 되는 것은 아닙니다. 이렇게 환하고 짠한 생의 한순간을 보여주는 것만으로도 훌륭한 한 편의 시가 탄생합니다. 아들에게 설렁탕 국물을 조금이라도 더 먹이고 싶은 어머니의 마음과 그 앞에서 민망스러워 안절부절못하는 아들의 마음, 그리고 이 풍경의 안과 바깥을 조심스럽게 드나드는 주인아저씨의 마음이 아름답게 어우러져 있습니다. 때로는 훈훈하게, 때로는 아슬아슬하게, 때로는 넉넉하게, 때로는 구질구질하게, 때로는 슬프게 말입니다. 이 한 편의 시에 인생이 다 들어앉아 있습니다.

찔레꽃

송찬호

그해 봄 결혼식날 아침 네가 집을 떠나면서 나보고 찔레나무숲에 가보라 하였다

나는 거울 앞에 앉아 한쪽 눈썹을 밀면서 그 눈썹 자리에 초승달이 돋을 때쯤이면 너를 잊을 수 있겠다 장담하였던 것인데,

읍내 예식장이 떠들썩했겠다 신부도 기쁜 눈물 흘렸겠다 나는 기어이 찔레나무숲으로 달려가 덤불 아래 엎어놓은 하얀 사기 사발 속 너의 편지를 읽긴 읽었던 것인데 차마 다 읽지는 못하였다

세월은 흘렀다 타관을 떠돌기 어언 이십 수년 삶이 그렇데 징소리 한번에 화들짝 놀라 엉겁결에 무대에 뛰어오르는 거

어쩌다 고향 뒷산 그 옛 찔레나무 앞에 섰을 때 덤불 아래 그
흰빛 사기 희미한데,

　예나 지금이나 찔레꽃은 하얬어라 벙어리처럼 하얬어라 눈
썹도 없는 것이 꼭 눈썹도 없는 것이 찔레나무 덤불 아래서 오
월의 뱀이 울고 있다

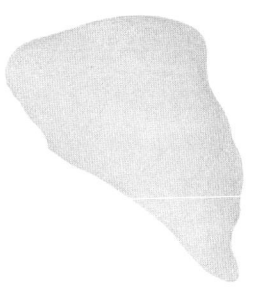

다 제쳐두고 이 시의 두번째 연을 읽는 것만으로도 저는 행복합니다. 슬픈 노래도 행복한 귀로 들을 수 있듯이 당신도 저처럼 행복했으면 좋겠습니다. 이 행복은 거저 주어지는 것이 아닙니다. 어떤 깊은 절망을 통과한 뒤에 가까스로 얻게 되는 행복입니다. "거울 앞에 앉아 한쪽 눈썹을 밀면서 그 눈썹 자리에 초승달이 돋을 때쯤이면 너를 잊을 수 있겠다" 온몸을 저리게 만드는 절창이라 하지 않을 수 없습니다. 눈썹과 초승달의 비유는 일찍이 미당(未堂)이 선점한 것이지만 시인은 한단계 업그레이드된 비경을 펼쳐 보이고 있습니다.

첫사랑은 곤드레 같은 것이어서

김남극

내게 첫사랑은
밥 속에 섞인 곤드레 같은 것이어서
데쳐져 한 계절 냉동실에서 묵었고
연초록색 다 빠지고
취나물인지 막나물인지 분간이 안 가는
곤드레 같은 것인데

첫사랑 여자네 옆 곤드레 밥집 뒷방에 앉아
나물 드문드문 섞인 밥에 막장 비벼 먹으면서
첫사랑 여자네 어머니가 사는 집 마당을 넘겨보다가

한때 첫사랑은 곤드레 같은 것이어서
햇살도 한 평밖에 몸 닿지 못하는 참나무숲
새끼손가락만한 연초록 대궁에

솜털이 보송보송한, 까실까실한,
속은 비어 꺾으면 툭 하는 소리가
허튼 약속처럼 들리는
곤드레 같은 것인데

종아리가 희고 실했던
가슴이 크고 눈이 깊던 첫사랑 그 여자 얼굴을
사발에 비벼
목구멍에 밀어넣으면서
허기를 쫓으면서

이 지극히 순정한 시를 읽으며 시인의 첫사랑을 생각합니다. 첫사랑은 기억 속에만 존재하는 것이어서 시인은 첫사랑을 정면으로 만나지 못하고 "첫사랑 여자네 어머니가 사는 집 마당을 넘겨" 다볼 뿐입니다. 이 시가 아름다운 것은 그렇게 슬쩍 넘겨다보는 행위 속에 숨은 작은 설렘과 떨림 때문이지요. 그 미묘한 감정을 "속은 비어 꺾으면 툭 하는 소리가/허튼 약속처럼 들리는/곤드레"에 비유하면서 시인은 독자의 귀를 단번에 잡아당깁니다.

곤드레를 꺾을 때 난다는 소리가 제게는 왜 이리 크게 들리는 걸까요?

향기로운 배꼽

길상호

흰 꽃잎 떨어진 자리
탯줄을 끊고 난 흉터가
사과에게도 있다
입으로 나무의 꼭지를 물고
숨차게 빠는 동안
반대편 배꼽은 꼭꼭 닫고
몸을 채우던 열매,
가쁜 숨도 빠져나갈 길 없어
붉게 익었던 사과 한 알,
멧새들이 몰려와
부리로 톡톡 두드리다가
사과의 배꼽,
긴 인연의 끈을 물고
포로롱 날아간다

사과 꼭지의 반대쪽, 꽃이 떨어져나간 자리가 사과에게는
흉터였군요. 사과의 배꼽이었군요. 시인은 사과를 말하고 있지만 정
작 당신은 혼자 가만히 당신의 배꼽을 만져볼지도 모르겠습니다. 어
머니의 몸과 연결되어 있던 유일한 증거인 배꼽 말입니다. 지금은
옴폭한 자국만 남아 있고, 어머니와 당신을 연결해주던 가시적인 끈
은 사라졌습니다. 하지만 인연의 끈마저 사라진 것은 아닙니다. 어
머니와 당신 사이의 사랑의 끈, 그것은 멧새가 물고 간 사과의 향기
같은 것이겠지요.

야채사(野菜史)

김경미

고구마, 가지 같은 야채들도 애초에는
꽃이었다 한다
잎이나 줄기가 유독 인간의 입에 단 바람에
꽃에서 야채가 되었다 한다
맛없었으면 오늘날 호박이며 양파꽃들도
장미꽃처럼 꽃가게를 채우고 세레나데가 되고
검은 영정 앞 국화꽃 대신 감자꽃 수북했겠다

사막도 애초에는 오아시스였다고 한다
아니 오아시스가 원래 사막이었다던가
그게 아니라 낙타가 원래는 사람이었다고 한다
사람이 원래 낙타였는데 팔다리가 워낙 맛있다보니
사람이 되었다는 학설도 있다

여하튼 당신도 애초에는 나였다
내가 원래 당신에게서 갈라져나왔든가

시인의 상상력이 고구마줄기처럼 뻗어나가는 게 재미있습니다. 식용 야채가 원래는 꽃을 피우는 식물의 하나였다고 얌전하게 출발한 이 시는 2연의 뒷부분에 이르러 낙타가 사람이었고, 사람이 낙타였다는 엉뚱하고 돌발적인 명제를 제시합니다. 이 말도 안되는 소리, 도저히 있을 수 없는 사실을 저는 믿고 싶어집니다. 이런 난데없는 엉뚱함이야말로 꽉 짜인 틀 속에 갇혀 사는 우리에게 적지 않은 충격과 활력을 주기 때문입니다.

마지막 연에서 '여하튼'이라는 부사가 가지는 힘은 아주 막강합니다. 내가 당신이었고 당신이 나였다는 것을 말하기 위해 시인은 에둘러 왔던 것입니다. 여하튼 뭔가 환해지는 듯한 느낌!

소쩍새 울다

이면우

저 새는 어제의 인연을 못 잊어 우는 거다
아니다, 새들은 새 만남을 위해 운다
우리 이렇게 살다가, 누구 하나 먼저 가면 잊자고
서둘러 잊고 새로 시작해야 한다고, 아니다 아니다
중년 내외 두런두런 속말 주고받던 호숫가 외딴 오두막
조팝나무 흰 등 넌지시 조선문 창호지 밝히던 밤
잊는다 소쩍 못 잊는다 소소쩍 문풍지 떨던 밤.

당신이 계시는 곳에서는 소쩍새 우는 소리가 들리는지요? 누군가에게 간절한 말을 걸고 싶어하는 듯 소쩍새는 늦봄부터 가을이 오기 전까지 울어댑니다. 끊어질 듯 이어지고, 귀를 기울이면 더 멀어지고, 잊을 만하면 어느새 귓속을 파고드는, 그 소리를 오랜만에 들었습니다. 이 세상을 살면서 밤에 소쩍새 울음소리를 들을 수 있는 곳이 있다면 거기가 바로 행복한 곳이 아닐까 생각해보았지요. 귀를 가졌으나 그 귀에 소쩍새 울음소리가 가닿지 않는다면 저는 감히 당신을 불행한 사람이라고 말하고 싶습니다. 당신이 부디 행복했으면 좋겠습니다.

잊는다 소쩍, 못 잊는다 소소쩍……

호미

백무산

밭고랑에 쓰러진 여자는
한나절은 족히 누워 있었으나 발견되지 않았다

평생 여자가 맨 고랑이 얼마인지 알 수 없으나
여자의 몸은 둔덕처럼 두두룩하니 굽어져 있어
고랑에 들면 눈에 잘 띄지 않았다

평생을 닳아낸 호미가 몇개인지 알 수 없으나
호미를 쥔 몸 어디에서부터 호미자루인지 분간이 쉽지 않
았다

　여자에겐 오랜 세월 밭고랑 매는 일이 방고래에 불을 들이
는 일이었다
　밭고랑을 훈훈하게 데워놓으면 엄나무처럼 아픈 허리도 금

세 환해졌다

  밭고랑이 다 식을 때까지 분리되지 않았다
  여자의 몸이 호미처럼 식은 다음에야 사람들이 알아차렸다

  지방도에서 빤히 보이는 밭머리에 사람들이 오가고
  지도를 든 검은 승용차들이 들락거렸으나 아무도 보지 못
했다

  양밥이라고 했다 섣달그믐날 집안의 액을 몰아낸다고
  짚으로 허재비 만들어 잘 대접하고는 액을 몰고 가라고
  들판 멀리 내던지던 짚허재비 양밥처럼 버려져 있었다
  목격자들은 모두 밭고랑 사이에서 호미 한 자루는 본 것 같
다고 말했다

나간 사람들이 올 때까지 어스름 산그늘이 여자의 몸을 감싸안고 이슬을 가려주고 있었다

　　마을 남자들 경운기 트랙터 몰고 고속도로에 올라가서
　　절반은 돌아오지 못했던 날이었다

이 시가 안타깝고 아프게 읽히는 이유는 평생 호미와 함께 살아온 여자의 일생이 가련해서가 아닙니다. 둔덕처럼 굽은 몸으로 일을 하던 여자가 아무도 모르게 밭고랑에서 죽음을 맞았기 때문도 아닙니다. 이 시를 읽으며 우리는 시인이 묘사하는 여자를 통해 밭고랑에 놓인 호미 하나를 떠올리게 되는데, 여자와 호미를 일치시키는 바로 그 순간에 시의 묘미가 생겨납니다. 그리고 시인이 감정을 겉으로 드러내지 않고 있는 것도 유의해서 볼 일입니다. 기록사진을 찍는 카메라맨처럼 대상에 대해 철저히 객관적 거리를 유지함으로써 오히려 슬픔을 배가시키는 전략이 그것입니다.

와온(臥溫)의 저녁

유재영

　어린 물살들이 먼바다에 나가 해종일 숭어 새끼들과 놀다
돌아올 시간이 되자 마을 불빛들은 모두 앞다퉈 몰려나와 물
길을 환히 비춰주었다

와온은 전남 순천의 바닷가 마을입니다. 그러나 그곳이 어디인지 아는 건 별로 중요하지 않습니다. '와온'이라는 말에서 따스하고 편안한 느낌을 받았다면 그것으로 충분합니다. 이 한 문장으로 된 짧은 시 한 편을 읽으며 갑자기 와온에 가보고 싶다는 생각을 한다면 당신은 이미 시에 빠져들었다는 뜻입니다. 평화롭기 그지없는 이 바닷가의 풍경을 머릿속에 그리며 당신은 아마 물길을 비춰주는 불빛이 되고 싶다는 생각을 할지도 모르겠습니다. 그러면 그렇게 하십시오. 당신도 불빛이 되십시오.

제
3
부

짝사랑의 흔적들

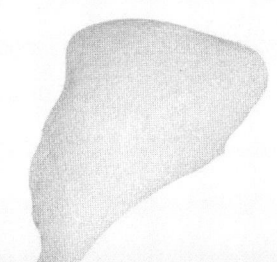

산

김규동

명산 아닌
그 산이
두어 점 구름 아래
조용히 누웠는 이름 없는 그 산이
언제나 내 마음속에 있는 건
얼마나 고마운 일인가

햇살이 부서져
황금빛으로 물든
오솔길에는
빨갛게 익은 열구밥이
정물화같이
푸른 대기 가운데 고정되었다

바람과 짐승과 안개가
산 저편으로 잦아든 뒤
해 기울고
소달구지 하나 지나지 않는
신작로길이
영원처럼 멀었다

바다 우짖음 소리도
강물의 고요한 숨결도
알지 못하나
소박한 자태로 하여
쓸쓸한 기쁨 안겨주던 산
어린 나를 키워준 산이
탕아 돌아오기를 기다린다

시여
너의 고뇌와 눈물의 아름다움
그리워하지 않은 때 없으나
이룬 것 없이
죄만 쌓여
언젠가는 돌아가게 될
고향 하늘

아, 철없이 나선
유랑길
몸은 병들어 초라하기 짝이 없으나
받아주리라 용서해주리라 너만은
이름 없는 나의 산.

김규동 시인의 시집 『느릅나무에게』를 펼쳐봅니다. 1925
년이라는 출생연도가, 아득해서 아픈 숫자가 찍혀 있습니다. 팔순을
훌쩍 넘긴 연세입니다. 시인은 두고 온 북녘 고향과 통일을 열망하
는 시를 평생 동안 써오신 분이지요. '열구밥'은 아가위의 함북 방언
입니다. 이 붉은 열매가 "푸른 대기 가운데 고정되었다"는 선명한 시
각적 이미지는 그리운 풍경의 정지상태를 뜻합니다. 이러한 안타까
움은 스스로를 '탕아'라고 규정하면서 돌이킬 수 없는 회한으로 바
뀝니다. 언어는 순하고 소박합니다. 하지만 그 언어 속에 깃든 진정
성으로 하여 노시인의 심장 가까이 귀를 대고 있는 듯한 느낌입니다.

물의 베개

박성우

오지 않는 잠을 부르러 강가로 나가
물도 베개를 베고 잔다는 것을 안다

물이 베고 잠든 베갯머리에는
오종종 모인 마을이 수놓아져 있다

낮에는 그저 강물이나 흘려보내는
심드렁한 마을이었다가
수묵을 치는 어둠이 번지면 기꺼이
뒤척이는 강물의 베개가 되어주는 마을,

물이 베고 잠든 베갯머리에는
무너진 돌탑과 뿌리만 남은 당산나무와
새끼를 친 암소의 울음소리와

깜빡깜빡 잠을 놓치는 가로등과
물머리집 할머니의 불 꺼진 방이 있다

물이 새근새근 잠든 베갯머리에는
강물이 꾸는 꿈을 궁리하다 잠을 놓친 사내가
강가로 나가고 없는 빈집도 한 땀,

물의 베개에 수놓아져 있다

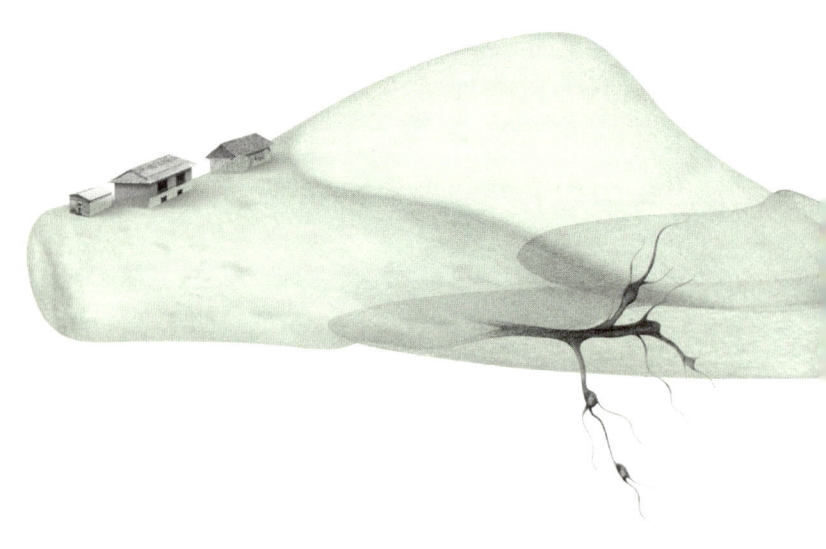

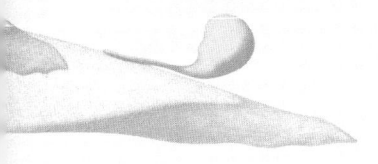

　　가로등이 깜빡거리는 고요하고 어두운 강마을을 놀랍게 도 물의 베개라고 합니다. 어둠속에 잠긴 풍경 하나하나가 수를 놓은 것이라 합니다. 이러한 억지가 아름답습니다. 일상에 찌든 눈과 언어로는 발견하기 어려운 발설이라 하겠습니다. 세상을 이렇게 아름다운 눈으로 볼 수 있는 것은 잠을 놓치고 강가에 나가본 순간이 있었기 때문입니다. 깨어 있는 눈이 숨겨진 보석을 찾는 이치와 같습니다. 비어 있는 집 하나를 '한 땀'이라고 부르고, 그 뒤에 쉼표 하나를 붙여놓았습니다. 참으로 마침맞은 쉼표입니다.

유묵

제비

김태형

한 획에 붙들린 바람이 집 안 기둥마다 가득했다 거니는 곳
곳에 손끝으로 잡아챈 유묵들
　역시나 저 오래 다스려진 문장으로 일가를 이루었다
　발길 닿는 대로 찾아든 소객이야 뒤란의 굴뚝만큼이나 조용
히 뒤꿈치를 내려놓지만
　그래도 이 고택에 한여름 더위를 피해 들어온 그늘이 더 고
요했다

　주련 글씨를 보려고 댓돌 아래 서 있다가 아궁이도 들여다
보고 빈 마당도 건너다보고
　처마에 걸린 햇살마냥 반쯤 그늘 묻은 눈길로 기웃거리고
있었다
　이 밝은 적막을 따르던 눈길 끝에서 뭔가 놀란 듯이 휙 튀어
나온 건 그때였다

제비였다 부엌 안쪽 높은 기둥에 지어올린 제비집 한 채

한 발짝 새똥 눌어붙은 자리까지 다가가 한참을 올려다보고
있는데
등 뒤에서 또 제비 한 마리 휘이익 날아드는 게 아닌가
문간을 넘어서다 저도 놀랐는지
비좁은 부엌을 한 바퀴 돌고는 황급히 안대문 쪽으로 사라
지는 것이었다
나는 추사의 글씨를 볼 수 있는 사람이 아니지만
두 갈래 꼬리로 소리도 없이 치고 날아간 그곳에서 어둔 눈
은 또 한 획의 바람을 들여다보고 있었다 생동하고 있었다

기둥마다 새겨 올린 필적이 채 마르지 않았다 유묵이 가득
했다

'유묵'과 '제비', 각각 제목과 부제로 쓰인 이 둘의 관계를 눈치챌 수 있어야 시가 가슴속으로 들어옵니다. 고택의 기둥에 남겨진 오래된 글씨는 그늘과 함께 적막할 뿐입니다. 그런데 불현듯 나타난 제비는 적막을 깨고 생동하는 존재입니다. 낡은 기둥의 검은 붓자국이 아연 제비의 검은 꼬리깃이 되어 날아가는 것입니다. 생동하는 적막이라고 할까요, 환유의 미학이라 할까요. 유묵과 제비를 '바람'이라고 적은 것도 참 시원스러운 표현입니다.

시를 읽고 나면 당신도 더위를 피해 어느 고택의 처마 아래 발뒤꿈치를 내려놓는 그늘이 되고 싶은가요?

보리방귀

정양

보리밥 먹는 여름철에는
방귀 많이 뀌는 게 큰 자랑이다
상학이 방귀는 동네뿐만 아니라
5학년 1반만 아니라 전교생이 다 알아준다
상학이가 방귀 뀌는 걸 보고
담임선생님도 놀란 얼굴을
좌우로 위아래로 흔들며 몇번이나
올림픽 금메달깜이라고 했다

뭘 모르는 아이들은 아무 때나
상학이만 보면 방귀 좀 뀌어보라고
무턱대고 졸라대지만 사정 아는 아이들은
상학이 낯빛이 치잣물에 적신 것처럼
노랗게 질릴 때를 기다렸다

어쩌다 한번씩 은행나무 밑에서
상학이는 아이들에게 둘러싸여 엉덩이를 깐다
한꺼번에 힘을 모아 큰 소리로 터뜨리는
그런 예사 방귀가 아니다
두 손으로 오르락내리락 총 쏘는 시늉을 하면서
엉덩이를 뒤로 조끔 내밀고 무릎은
엉거주춤 오므리고

불알이 달랑거리거나 말거나
엉덩이와 오금쟁이와 뱃살과 똥구멍으로
골고루 힘을 나누어 자디잘게 움짓거리면
품 넓은 은행나무 그늘 속에는
염소똥 같은 자디잔 방귀총 소리가

번번이 백 방도 넘게 이어지는 것이다
일부러 꽁보리밥 배 터지게 먹고
곁에서 상학이를 흉내내던 복철이는
스무 방도 못 넘기고 철프덕
생똥을 싸버린 적도 있다

은행나무 잎들도 방귀총 소리에 숨을 죽인다
야든일곱 야든야달 야든아홉
방귀총 소리에 맞추어
숨죽여 수를 세는 아이들 목소리가
백 방을 넘기면서 점점 커지다가
방귀총 소리 놓칠까봐 다시 숨을 꺾는다
조용히 좀 하라고 손가락으로
가만가만 입술께를 두드리면서

상학이 엉덩이 근처에 바짝
귀를 들이미는 아이들도 있다

백아홉, 백열, 백열하나, 백열둘

상학이가 무릎 펴고 허리 펴고 바지춤을 올린다
우와아 신기록이다 백열둘 백열둘 백열둘
아이들 함성에 은행나무 잎들이 화들짝 놀란다
샛노랗던 상학이 얼굴에 화색이 돈다
점점 커지는 아이들 목소리가 합창으로 바뀐다

상학이 똥은 맴생이똥 상학이 방구는 보리방구
상학이 똥은 퇴깽이똥 백 방도 넘는 보리방구
상학이 방구는 줄방구 올림픽 금메달깜 줄방구

사전에 따르면 '방귀'의 정의는 "음식물이 뱃속에서 발효되는 과정에서 생기어 항문으로 나오는 구린내 나는 무색의 기체"입니다. 이 사전의 문장을 만든 이도 아마 몇차례나 웃었겠지요. 방귀도 이렇듯 신나는 시가 됩니다. 그것은 방귀라는 언어가 우리의 규격화된 의식을 무장해제시켜버리기 때문이지요. 해방된 언어공간에서는 방귀가 보리방구가 되고 줄방구가 되고 방구총이 되어야 하고, 여든일곱이 야든일곱이 되고 토끼가 뛰깽이가 되는 게 제격이지요.

모자 이야기

남진우

내 낡은 모자 속에서
아무도 산토끼를 끄집어낼 수는 없다
내 낡은 모자 속에 담긴 것은
끝없는 사막 위에 떠 있는 한 점 구름일 뿐
내 낡은 모자 속에서 사람들은
파도소리도 바람소리도 들을 수 없다
그러나 깊은 밤 내 낡은 모자에 귀를 갖다대면
기적소리와 함께 시커먼 화물열차가 달려나오기도 한다
내 낡은 모자를 안고 오늘 나는 시장에 갔다
하지만 해 저물도록 아무도 사는 이 없어
나는 구름과 놀다가 기차를 타고 훌쩍
머나먼 사막으로 떠났다

누군지 모르는 그대여

내 낡은 모자를 사다오
달리는 화물열차 끝에 매달려 오늘도 나는
내 모자를 쓸 그대를 찾아헤맨다

모자는 마술사들이 묘기를 펼쳐 보일 때 흔히 사용하는 도
구입니다. 그것은 단지 도구일 뿐 마술의 목적이 아닙니다. 그러므
로 이 시에서 모자에 내포된 의미나 상징을 따져보는 일은 무의미합
니다. 아무리 찾아봐도 모자 속에서 파도소리나 바람소리가 날 턱이
없으니까요. 시인은 모자라는 도구를 이용해서 독자를 배반하고자
합니다. 친절한 시인이라면 시장에 좌판을 펼쳐놓고 모자가 팔리기
를 기다렸을 겁니다. 하지만 시인은 어느새 달리는 화물열차 끝에
매달려 헤맨다고 말합니다. 구매자에 대한 철저한 배반입니다.

쉬

문인수

그의 상가엘 다녀왔습니다.

환갑을 지난 그가 아흔이 넘은 그의 아버지를 안고 오줌을
뉜 이야기를 들었습니다.

생(生)의 여러 요긴한 동작들이 노구를 떠났으므로, 하지만
정신은 아직 초롱 같았으므로 노인께서 참 난감해하실까봐
"아버지, 쉬, 쉬이, 어이쿠, 어이쿠, 시원허시겠다아" 농하듯
어리광부리듯 그렇게 오줌을 뉘었다고 합니다.

온몸, 온몸으로 사무쳐 들어가듯 아, 몸 갚아드리듯 그렇게
그가 아버지를 안고 있을 때 노인은 또 얼마나 더 작게, 더 가
볍게 몸 움츠리려 애썼을까요.

툭, 툭, 끊기는 오줌발, 그러나 그 길고 긴 뜨신 끈, 아들은

자꾸 안타까이 따에 붙들어매려 했을 것이고, 아버지는 이제
힘겹게 마저 풀고 있었겠지요. 쉬―
  쉬! 우주가 참 조용하였겠습니다.

언뜻 보면 아흔이 넘은 노구의 아버지를 아들이 오줌 누인 이야기입니다. 대수롭잖은 이 이야기가 가슴을 뭉클하게 하는 아름다운 시가 되는 이유가 무엇일까요? 우선 아버지와 아들 사이의 조심스러운, 사무치는, 따뜻한 긴장이 시를 감싸고 있다는 점을 들 수 있겠습니다. 게다가 낯설면서도 참신한 표현이 눈길을 확 잡아당깁니다. "생의 여러 요긴한 동작들이 노구를 떠났으므로" "아, 몸 갚아드리듯" "그 길고 긴 뜨신 끈"과 같은 구절이 특히 그렇습니다. 오줌발을 뜻하는 '뜨신 끈'을 부자간에 맺어진 인연의 끈으로 확대해서 읽어보십시오. 독자인 우리는 전율할 수밖에 없습니다. 쉬! 소름이 돋습니다.

저곳

박형준

공중(空中)이란 말
참 좋지요
중심이 비어서
새들이
꽉 찬
저곳

그대와
그 안에서
방을 들이고
아이를 낳고
냄새를 피웠으면

공중(空中)이라는

말

뼛속이 비어서
하늘 끝까지
날아가는
새떼

‘공중(空中)’이란 말. 한자의 형상을 오래 들여다보시기 바랍니다. 비어 있는 중심입니다. 비어 있으면서 꽉 차 있습니다. ‘그대’하고는 아직 지지며 볶는 사랑을 나누지 못했습니다. 여전히 간절한 그리움의 대상입니다. ‘그대’와 화자 사이는 아직 ‘공(空)’일 따름입니다. 그러하기에 채워야 할 것들이 많습니다. 아이를 낳고, 냄새를 피우는 것은 욕망과 관련되는 일이지만 그 장소를 공중으로 택했으므로 욕망의 기름기가 번들거리지 않습니다. 세속적인 사랑에 치여 사는 우리는 언제쯤 뼛속이 비게 될까요? 그렇게 비어서 하늘 끝까지 날아갈 수 있을까요?

자전거 타는 사람

김훈의 자전거를 위하여

김기택

당신의 다리는 둥글게 굴러간다
허리에서 엉덩이로 무릎으로 발로 페달로 바퀴로
길게 이어진 다리가 굴러간다
당신이 힘껏 페달을 밟을 때마다
넓적다리와 장딴지에 바퀴무늬 같은 근육이 돋는다
장딴지의 굵은 핏줄이 바퀴 속으로 들어간다
근육은 바퀴 표면에도 울퉁불퉁 돋아 있다
자전거가 지나간 길 위에 근육무늬가 찍힌다
둥근 바퀴의 발바닥이 흙과 돌을 밟을 때마다
당신은 온몸이 심하게 흔들린다
비포장도로처럼 울퉁불퉁한 바람이
당신의 머리칼을 마구 흔들어 헝클어뜨린다
당신의 자전거는 피의 에너지로 굴러간다
무수한 땀구멍들이 벌어졌다 오므라들며 숨쉬는 연료

뜨거워지는 연료 땀 솟구치는 연료
그래서 진한 땀냄새가 확 풍기는 연료
당신의 2기통 콧구멍으로 내뿜는 무공해 배기가스는
금방 맑은 바람이 되어 흩어진다
달달달달 굴러가는 둥근 다리 둥근 발
둥근 속도 위에서 피스톤처럼 힘차게 들썩거리는
둥근 두 엉덩이와 둥근 대가리
그 사이에서 더 가파르게 휘어지는 당신의 등뼈

자전거가 앞으로 나아가는 것을 선으로 긋는다면 직선일 것입니다. 그 직선은 두 개의 둥근 바퀴에 의해 만들어집니다. 하지만 '자전거 타는 사람'이 없다면 바퀴는 그저 두 개의 동그라미일 뿐입니다. 동그라미에 동력을 공급하는 사람은 그래서 둥글어질 수밖에 없습니다. 둥근 다리, 둥근 발, 둥근 엉덩이, 둥근 대가리, 둥근 등뼈가 둥근 속도를 창조합니다. 이 모든 것들은 자전거라야 가능합니다. 자전거 타는 사람이 자신의 연료를 사용하며 달리는 길도 아마둥글 것입니다. 네 개의 바퀴를 가진 자동차는 길과 속도를 둥글게 할 수 없습니다. 자동차는 연료가 불량하기 때문이지요.

여울

김종길

여울을 건넌다.

풀잎에 아침이 켜드는
개학날 오르막길.

여울물 한번
몸에 닿아보지도 못한
여름을 보내고,

모래밭처럼 찌던
시가(市街)를 벗어나,

길경(桔梗)꽃 빛 구월의 기류(氣流)를 건너면,

은피라미떼
은피라미떼처럼 반짝이는

아침 풀벌레 소리.

저는 고등학교 다닐 때 이 시를 처음 읽었는데, 오래도록 머릿속에 남아 있습니다. 시각과 청각 이미지가 빛나는 앞의 두 연과 마지막 두 연이 유난히 저를 사로잡았지요. 저는 혼자서 엉뚱한 상상을 했습니다.

　─개학날 오르막길은 물살의 폭이 좁고 가파른 여울을 뜻하는 것이다.

　─그렇다면 학교 가는 아이들은 여울 속 자갈인지도 모른다.

　─은피라미떼처럼 반짝이는 풀벌레 소리는 교실 안의 소란스러움을 말한 것이다.

　　시인의 의도와 상관없는 혼자만의 오독도 때로는 공부가 되더군요. 물론 길경꽃이 도라지꽃이라는 걸 모를 때였습니다. 그저 늦여름이나 초가을 부근에 피는 꽃이겠거니 여겼지요. 나중에 김종길 선생님을 뵙고 나서도 문학소년의 오독을 말씀드리지 못했습니다. 부끄러워서요.

늙은 거미

박제영

늙은 거미를 본 적이 있나 당신, 늙은 거문개똥거미가 마른 항문으로 거미줄을 뽑아내는 것을 본 적이 있나 당신, 늙은 암컷 거문개똥거미가 제 마지막 거미줄 위에 맺힌 이슬을 물끄러미 바라보고 있는 것을 본 적이 있나 당신, 죽은 할머니가 그러셨지 아가, 거미는 제 뱃속의 내장을 뽑아서 거미줄을 만드는 거란다 그 거미줄로 새끼들 집도 짓고 새끼들 먹이도 잡는 거란다 그렇게 새끼들 다 키우면 내장이란 내장은 다 빠져나가고 거죽만 남는 것이지 새끼들 다 떠나보낸 늙은 거미가 마지막 남은 한 올 내장을 꺼내 거미줄을 치고 있다면 아가, 그건 늙은 거미가 제 수의를 짓고 있는 거란다 그건 늙은 거미가 제 자신을 위해 만드는 처음이자 마지막 거미줄이란다 거미는 그렇게 살다 가는 거야 할머니가 검은 똥을 쌌던 그해 여름, 할머니는 늙은 거미처럼 제 거미줄을 치고 있었지 늙은 거미를 본 적이 있나 당신

자상한, 온화한, 고마운, 인정 많은 할머니를 시에 등장시
키면 그 시는 대체로 실패하기 십상입니다. 상투적인 할머니는 지겹
습니다. 시의 가장 큰 적은 상투성이니까요. 죽은 할머니를 늙은 암
컷 거문개똥거미라고 말하는 것이 시의 화법입니다. 시적인 언어는
안일하고 규범적인 일상에 충격을 가합니다. 우리가 공감할 수 있는
충격을 감동이라고 한다면 이 시는 매우 감동적입니다. 마지막 문장
까지 읽고 났을 때, 나처럼 옆구리 한쪽이 시큰해지는가요, 당신.

달려라, 호랑아

자화상

고형렬

달려가는 호랑의 껍질은 아무것도 아니다

두 앞발 사이 깊숙한 가슴 근육

덜컹거리는 심장, 출렁이는 간, 긴장하는 목뼈

헉헉대는, 터질 듯한 강한 폐 근육

얼룩거리는 붉은 어깨와 엉치등뼈, 거기 붙은 살점들

얼마나 우스꽝스러운가, 커다란 구슬 같다

마구 흔들리는 골은 산산조각 깨어질 듯

무거운 육신을 잔혹하게 흔들며 전속력으로 달려가는

모자이크된 육체가 뛰어가는 정신

주먹같이 생긴 허연 뼈들, 링 같은 꽃의 구근

기둥 같은, 널빤지 같은 뼈들이 가득한 육체

먹이를 뒤쫓아 맹추격하는 호랑의 구조

그놈들 가끔 보며 세상을 가르친다 지오그래픽의

제작자를 탓하지 않지만 생식기를

혹주머니처럼 흔들며 뛰어가지 않으려는 그의
부끄러운 표정의 질주를 비웃는다 이것이 '세계'를 보는
나의 유일한 창구, 한없이 저놈은 비위사납다
이해하면서 더러운 자식! 더러운 자식! 하며
달려라 조금만 더, 뛰어라 호랑아
너를 끌고 달리게 하는 아 호랑아, 달려라

먹이를 찾아 전속력으로 달리는 야생의 호랑이를 비디오 화면으로 본 적 있는가요? 이 시의 화자는 그 호랑이를 통해 자신을 봅니다. 그래서 부제가 '자화상'이겠지요. 달려가는 호랑이를 묘사하고 있는 앞부분은 워낙 세밀하고 생생해서 마치 해부학 강의를 듣는 것 같습니다. 그런데 결국 그 구체성은 세계와 인간의 이중성에 대한 비애 혹은 반성을 위해 준비한 것입니다. 육체와 정신, 겉과 속, 내용과 형식, 성스러움과 속됨, 주체와 객체 사이에서 오도 가도 못하는 존재! 바로 당신이고, 나입니다.

당신과 나, 호랑이처럼 자기자신을 끌고 오늘도 달립니다. 온전히 밥을 위해서, 아니 밥 아닌 모든 것을 위해서!

어디 숨었냐, 사십마넌

정윤천

시쩨냐? 악아, 어찌고 사냐. 염치가 참 미제 같다만, 급허게
한 백마넌만 부치야 쓰겄다. 요런 말 안헐라고 혔넌디, 요새
이빨이 영판 지랄 가터서 치과럴 댕기넌디, 웬수노무 쩐이 애
초에 생각보담 불어나부렀다. 너도 어룰 거신디, 에미가 헐 수
읎어서 전홧 들었다야. 정히 심에 부치면 어쩔 수 없고……

선운사 어름 다정민박 집에 밤마실 나갔다가, 스카이라던가
공중파인가로 바둑돌 놓던 채널에 눈 주고 있다가, 울 어매 전
화 받았다. 다음날 주머니 털고, 지갑 털고, 꾀죄죄한 통장 털
고, 털어서, 다급한 쩌언 육십마넌만 서둘러 부쳤다.

나도 울 어매 폼으로 전홧 들었다.

엄니요? 근디 어쩨사끄라우. 해필 엊그쩨 희재 요놈의 가

시낭구헌티 멫푼 올려불고 났더니만, 오늘사 말고 딱딱 글거 봐도 육십마넌빼끼 안되야부요야. 메칠만 지둘리면 한 오십마넌 더 맹글어서 부칠랑께 우선 급헌 대로 땜빵허고 보십시다잉. 모처럼 큰맘 묵고 기별헌 거이 가튼디, 아싸리 못혀줘서 지도 잠 거시기허요야. 어찌겄소. 헐헐, 요새 사는 거이 다 그런단 말이요.

떠그럴, 사십마넌 땜에 그날밤 오래 잠 달아나버렸다.

어쩔 수 없이 아들에게 돈 '백마넌'을 부탁한 어머니와, 어쩔 수 없이 달달 긁어모아 '육십마넌삐끼' 부치지 못한 아들의 이야기입니다. 이 시의 시적 주인공은 아들이 선뜻 보내지 못하고 어머니가 원대로 받지 못한 원수 같은 '사십마넌'이라 할 수 있습니다. 어머니한테도 아들한테도 부족하고 아쉽고 안타깝고 서운한 금액이지요. 그 '사십마넌' 때문에 어머니와 아들의 관계는 뜨겁지도 차갑지도 않은 뜨뜻미지근한 온기를 나눠 갖게 되었습니다. 그렇지만 두 사람 사이에는 분명히 어떤 사무치는 마음이 있습니다. 사랑이라고 말하기에는 너무 단순한, 오래 묵은, 우리가 알지 못하는 서러움도 있습니다.

꼭지들

이윤학

이파리 하나 붙어 있지 않은 감나무 가지에
무슨 흉터마냥 꼭지들이 붙어 있다

먹성 좋은 열매들의 입이
실컷 빨아먹은 감나무의 젖꼭지

세차게 흔드는 가지를
떠나지 않는 젖꼭지들

나무는,
아무도 만지지 않는
쪼그라든 젖무덤들을
흔들어댄다

누군가를 떠나보낸
저 짝사랑의 흔적들을

빈 감나무 가지에 붙어 있는 마른 꼭지들을 "먹성 좋은 열매들의 입이/실컷 빨아먹은 감나무의 젖꼭지"로 읽어내는 시인의 눈이 예사롭지 않지요? 그 꼭지들은 아무리 가지가 흔들려도 그 자리를 떠나지 않습니다. 젖을 물리고 키운 열매들, 즉 "짝사랑의 흔적들을" 기억하고 있기 때문이겠지요.

언젠가 우연히 늙으신 어머니의 젖꼭지를 물끄러미 바라본 적이 있습니다. 그때 불현듯 이 시가 떠오르더군요. 몸속의 젖을 짜내 우리를 짝사랑한 어머니, 그러나 젖꼭지에서 입을 뗸 후 한번도 우리가 사랑해보지 못한 어머니.

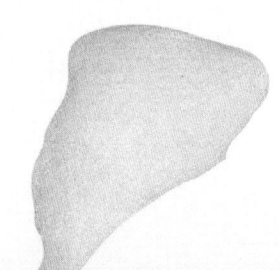

제
4
부

당신이라는 말 참 좋지요

기러기

서정춘

허드레
허드레
빨랫줄을
높이 들어올리는
가을 하늘
늦비
올까
말까
가을걷이
들판을
도르래
도르래 소리로
날아오른 기러기떼
허드레

허드레
빨랫줄에
빨래를 걷어가는
분주한 저물녘
먼
어머니

우리 현역 시인 중에 가장 예민한 언어의 연금술사가 쓴 시입니다. 불순물이 없는 만큼 말의 순도가 높습니다. 말과 감정을 지나치게 비틀거나 혹사시키지도 않습니다. 가을하늘과 기러기떼는 시나 그림에 종종 등장하는 소재입니다. 하지만 하늘이 빨랫줄을 높이 들어올리고, 기러기떼가 도르래 소리로 날아오른다는 말은 누구나 할 수 있는 게 아니지요. 그것은 언어의 숨결과 무늬에 민감한 시인만이 할 수 있는 표현입니다. "먼/어머니"도 마찬가지입니다. '먼'이라는 한 글자에 깃들어 있는 수많은 의미를 당신도 읽고 계시겠지요?

훼방둥이!

황동규

가을비 추적추적 내리는 밤 정선 야외 축제에서
시 낭송 마치고 단에서 내려와
뒤편에 열려 있는 임시 술집 천막
자욱한 비안개 속에 꼬치안주로 소주를 홀짝이다
빗발 가늘어진 틈을 타
소주 가득 담긴 맥주잔 든 채 소피 보러 나간 어둠속
나무에 기대어 남자에게 따뜻한 젖 먹이고 있던 여자
빗물 어른대는 속에
그 가슴 얼마나 넉넉하게 보이던지,
빗물 탄 술 천천히 끝까지 들이켰다.

이튿날 아침 펜션 마당을 거닐며
계곡 물소리에 귀를 내주다가
누군가 뒤에서 소곤대는 기척 있어

고개 갸웃대는 개미취들에게 다가가 귀 기울이니

'훼방둥이!'

그동안 귀가 많이 여려졌군.

지난 밤비에 물 가득 분 강가로 간다.

가을비 추적추적 내리는 밤

젖은 나무에 기대어 남자에게 따뜻한 젖 먹이고 있던 여
자……

찬 술 마지막 방울까지 들이켰지,

앞으로 모쪼록 피 따끈히 도는 삶을 살라 빌며.

시를 읽는 우리 눈에도 선합니다. 빗속에서 남자에게 따뜻한 젖 먹이고 있는 여자 말입니다. 이 얼마나 행복한 풍경입니까? 우연치고는 기막힌 우연을 포착했습니다. 남자가 우악스럽게 여자의 가슴을 파고드는 게 아니라 남자에게 젖을 먹인다고 말하는 시인의 시선이 참으로 넉넉해 보입니다. 그래서 에로틱한 그림 같은 이 풍경이 인간적인 온기를 발산하게 됩니다. '훼방둥이!'라고 스스로를 명명하지만 실은 바라보기만 했을 뿐 훼방을 놓지는 않았지요. 오히려 그들의 사랑을 축복하는 결구가 따끈합니다.

목련꽃 브라자

복효근

목련꽃 목련꽃
예쁘단대도
시방
우리 선혜 앞가슴에 벙그는
목련송이만할까
고 가시내
내 볼까봐 기겁을 해도
빨랫줄에 널린 니 브라자 보면
내 다 알지
목련꽃 두 송이처럼이나
눈부신
하냥 눈부신
저……

목련꽃과 브라자라는 말을 합쳐놓으니 둘이 매우 잘 어울립니다. 딸을 향한 아버지의 마음이 활짝 피어나는 듯합니다. 시인은 왜 '브래지어'라는 말을 놔두고 구태여 '브라자'를 선택했을까요? 그리고 시중에서 줄여 말하는 '브라'라는 표현은 왜 포기했을까요? '브라자'는 의미의 친근성에 있어 가장 앞서는 말입니다. 우리에게 익숙한 언어를 구사함으로써 역으로는 시를 낯설게 만드는 데 기여하는 것이지요. 또 '예쁘단대도' '벙그는' '고 가시내' '니 브라자' '하냥'과 같은 시어는 딸의 성장을 지켜보는 놀랍고 대견한 마음을 골고루 내포한 시어들이라 할 수 있습니다.

저물면서 빛나는 바다

황지우

긴 외다리로 서 있는 물새가 졸리운 옆눈으로
맹하게 바라보네, 저물면서 더 빛나는 바다를

해가 수평선 너머로 숨기 전에, 남은 기운을 모두 끌어모아, 안간힘으로 버티면서, 바다는 마지막으로 한번 더 빛을 내뿜습니다. 한낮보다 더 눈부시게 바다가 빛나는 순간을 시인은 놓치지 않습니다. 명멸하는 시간의 비밀을 꿰뚫어본 놀라운 통찰력이라 하겠습니다. 죽음 앞에서 인간도 그러하지요. 모든 변화의 직전은 그래서 무섭도록 아름답습니다. 저물면서 빛나는 바다 앞에 서 있고 싶어집니다.

당신도 지금 그러한가요?

나도 이제 기와불사를 하기로 했다

이정록

금강산 관광기념으로 깨진 기왓장쪼가리를 숨겨오다 북측 출입국사무소 컴퓨터 화면에 딱 걸렸다. 부동자세로 심사를 기다린다. 한국평화포럼이란 거창한 이름을 지고 와서 이게 뭔 꼬락서닌가. 콩당콩당 분단 반세기보다도 길다.

"시인이십네까?" "네." "뉘기보다도 조국산천을 사랑해야 할 시인동무께서 이래도 되는 겁네까?" "잘못했습니다." "어찌 북측을 남측으로 옮겨가려 하십네까?" "생각이 짧았습니다." "어데서 주웠습네까?" "신계사 앞입니다." "요거이 조국 통일의 과업을 수행하다가 산화한 귀한 거이 아닙네까?" "몰라봤습니다." "있던 자리에 고대로 갖다놓아야 되지 않겠습네까?" "제가 말입니까?" "그럼 누가 합네까?" "일행과 같이 출국해야 하는데요." "그럼 그쪽 사정을 백천 번 감안해서리 우리 측에서 갖다놓겠습네다." "정말 고맙습니다." "아닙네다.

통일되면 시인동무께서 갖다놓을 수도 있겠디만, 고사이 잃
어버릴 수도 있지 않겠습네까? 그럼 잘 가시라요."

　한국전쟁 때 불탔다는 신계사, 그 기왓장쪼가리가 아니었다
면 어찌 북측동무의 높고 귀한 말씀을 들을 수 있었으리요. 나
도 이제 기와불사를 해야겠다, 쓰다듬고 쓰다듬는 가슴속 작
은 지붕. 조국산천에 오체투지하고 있던 불사 한 채.

시의 제목을 이렇게 바꿔보면 어떨까요?

'조선민주주의인민공화국 문화재 불법유출 사건의 전말'

물론 이 사건의 피의자는 이정록 시인이지요. 금강산 방문길에 생긴 작은 에피소드가 한 편의 재미있는 시가 되었습니다. 남북간에 교류의 폭은 부쩍 넓어졌지만 아직도 북한과의 관계는 '콩당콩당' 속에 진행되고 있습니다. '콩당콩당'이라는 말 속에는 두려움과 머뭇거림의 감정이 함께 들어 있습니다. 사랑의 초기증세입니다. 그 사랑이 좀더 발전되면 가슴에서 '쿵쾅쿵쾅' 엔진이 돌아가는 소리가 나지요. 그 소리 들을 날이 하루라도 앞당겨졌으면 좋겠습니다.

억새꽃

유강희

억새꽃이 오라고 하지도 않았는데
명절날 선물 꾸러미 하나 들고 큰고모 집을 찾듯
해진 고무신 끌고 저물녘 억새꽃에게로 간다
맨땅이 아직 그대로 드러난 논과 밭 사이
경운기도 지나가고 염소도 지나가고 개도 지나갔을
어느 해 질 무렵엔 가난한 여자가 보퉁이를 들고
가다 앉아 나물을 캐고 가다 앉아 한숨을 지었을
지금은 사라진 큰길 옆 주막 빈지문 같은 그 길을
익숙한 노래 한 소절 맹감나무 붉은 눈물도 없이
억새꽃, 그 하염없는 행렬(行列)을 보러 간다
아주 멀리 가지는 않고 내 슬픔이 따라올 수 있는
꼭 그만큼의 거리에 마을을 이루고 사는
억새꽃도 알고 보면 더 멀리 떠나고 싶은 것이다
제 속에서 뽑아올린 그 서러운 흰 뭉치만 아니라면
나도 이 저녁 여기까진 오지 않았으리

가을날의 억새꽃은 햇빛이 비치는 방향에 따라 다르게 보입니다. 가장 아름다운 것은 늦은 오후의 햇빛을 받으며 흔들리는 억새꽃이지요. 물론 이때 억새를 보는 사람은 억새의 배후에서 서쪽을 향해 서 있어야 합니다. 그래야 억새꽃의 슬픔이 보입니다. 시인도 저물녘에 그런 흰 뭉치의 서러움에 감염되었나봅니다.

이 시의 요점은 "내 슬픔이 따라올 수 있는/꼭 그만큼의 거리"에 있습니다. 그것은 과연 어떤 거리일까요? 멀리 떠나고 싶은데 떠날 수 없는, 못난 삶의 운명 같은 것일까요? 사라진 것들에 대한 찬연한 그리움 같은 것일까요?

같이 살고 싶은 길

조정권

1

일년 중 한 일주일에서 열흘 정도, 혼자 단풍 드는 길
더디더디 들지만 찬비 떨어지면 붉은빛 지워지는 길
아니 지워버리는 길
그런 길 하나 저녁나절 데리고 살고 싶다

늦가을 청평쯤에서 가평으로 차 몰고 가다 바람 세워놓고
물어본 길
목적지 없이 들어가본 외길
땅에 흘러다니는 단풍잎들만 길 쓸고 있는 길

일년 내내 숨어 있다가 한 열흘쯤 사람들한테 들키는 길
그런 길 하나 늘그막에 데리고 같이 살아주고 싶다

2

  이 겨울 흰 붓을 쥐고 청평으로 가서 마을도 지우고 길들도
지우고
  북한강의 나무들도 지우고
  김나는 연통 서너 개만 남겨놓고
  온종일
  마을과
  언 강과
  낙엽 쌓인 숲을 지운다.
  그러나 내내 지우지 못하는 길이 있다.
  약간은 구형인 승용차 바퀴자국과
  이제 어느정도 마음이 늙어버린
  남자와 여자가 걷다가 걷다가 더 가지 않고 온 길이다

일년 중 한 열흘쯤의 시간을 거저 얻게 된다면? 아무런 구속도 제약도 없이 혼자 살도록 내버려둔다면? 혼자 물들고, 혼자 외로워지고, 혼자 망가지더라도, 아, 그런 시간이 정말 오기라도 한다면? 그때 당신은 무엇을 하고 싶은지요?

시인은 일년 중 열흘 정도 단풍 드는, 쓸쓸하게 아름다운 길을 발견했군요. 그 길을 같이 데리고 살고 싶다고 말하는군요. 적막하게 숨어 있는 길과의 연애를 꿈꾸는 일, 그리하여 적막 속에 어느정도 마음이 늙어가는 일, 모두 아름다운 일이지요.

당신도 같이 살고 싶은 길이 있는가요? 혼자만 아는 길이 있는가요?

달빛 소나타

신현정

가을밤을 앉아 있는

그녀의 목덜미가 하도 눈부시게 희어서

귀뚜라미가 사는 것 같아서

달빛들이 사는 것 같아서

손톱들이 우는 것 같아서

그녀의 등 뒤로

살그머니 돌아가서

오오 목덜미에

단 한번의

서늘한 키스를 하고

아 그 밤으로

그대로 달아난 나여.

극도로 말과 감정을 아끼는 시인의 시입니다. 한 행을 한 연으로 처리하는 기법도 놀라운 절제력의 반영입니다. 이 기법은 마치 글자를 돌로 쪼아 새긴 듯한 인상을 줍니다. 한 행, 한 행 건너갈 때마다 더듬거리는 말소리처럼 들립니다. 그래서 독자는 시어 하나 하나에 더 집중하게 됩니다. 이 시에서 그리고 있는 연모의 자세는 시의 형식을 꼭 빼닮아 있습니다. 그녀의 목덜미를 바라보는 눈은 천진하고, 그녀에게 다가가는 모습은 아슬아슬합니다. 사랑과 이별에도 속도의 뻔뻔함이 따라붙는 이 시대에 이런 순정파는 이제 어디 가서 찾을까요?

흰 국숫발

장철문

슬레트 지붕에 국숫발 뽑는 소리가
동촌 할매
자박자박 밤마실
누에 주둥이같이 뽑아내는 아닌 밤 사설 같더니

배는 출출한데 저 햇국수를 언제 얻어먹나
뒷골 큰골 약수터에서 달아내린 수돗물
콸콸 쏟아지는 소리
양은솥에 물 끓는 소리

흰 국숫발, 국숫발이
춤추는

저 국숫발을 퍼지기 전에 건져야 할 텐데

재바른 손에 국수 빼는 소리
소쿠리에 척척 국수사리 감기는 소리

서리서리 저 많은 국수를 누가 다 먹나
쿵쿵 이 방 저 방
빈방
문 여닫히는 소리
아래채에서 오는 신발 끌리는 소리
헛기침 소리

재바르게 이 그릇 저 그릇 국수사리 던져넣는 소리
쨍그랑 떵그렁 부엌바닥에 양재기 구르는 소리
쐴쐴쐴쐴
멸치국물 우려 애호박 채친 국물 붓는 소리

후르룩 푸루룩
아닌 밤 국수 먹는 소리

수루룩 수루룩
대밭에 국숫발 가는 소리

국수를 삶고, 빨고, 건지고, 나누고, 먹을 때 나는 소리를 꼭 알맞게 모아놓았습니다. 아니, 소리를 모셔놓았습니다. 청각이미지의 잔치입니다. 이것은 기억을 언어로 재현하는 시인의 살뜰한 솜씨가 우리에게 주는 선물이라 할 수 있습니다. 국수에서 연상되는 눈 내리는 밤의 눈발 이미지가 시의 앞뒤를 열고 닫고 있는 모습을 잘 살펴봐야 합니다.

저 30년대 백석의 「국수」, 최근엔 권혁웅의 「국수」, 그리고 여기 장철문의 「국수」가 덧보태짐으로써 한국시사에 국수는 멋지게 완성되었습니다. 독자인 당신과 나는 후르륵 푸루륵 먹어주기만 하면 됩니다.

혼자 가는 먼 집

허수경

당신……, 당신이라는 말 참 좋지요, 그래서 불러봅니다 킥킥거리며 한때 적요로움의 울음이 있었던 때, 한 슬픔이 문을 닫으면 또 한 슬픔이 문을 여는 것을 이만큼 살아옴의 상처에 기대, 나 킥킥……, 당신을 부릅니다 단풍의 손바닥, 은행의 두 갈래 그리고 합침 저 개망초의 시름, 밟힌 풀의 흙으로 돌아감 당신……, 킥킥거리며 세월에 대해 혹은 사랑과 상처, 상처의 몸이 나에게 기대와 저를 부빌 때 당신……, 그대라는 자연의 달과 별……, 킥킥거리며 당신이라고……, 금방 울 것 같은 사내의 아름다움 그 아름다움에 기대 마음의 무덤에 나 벌초하러 진설 음식도 없이 맨술 한 병 차고 병자처럼, 그러나 치병과 환후는 각각 따로인 것을 킥킥 당신 이쁜 당신……, 당신이라는 말 참 좋지요, 내가 아니라서 끝내 버릴 수 없는, 무를 수도 없는 참혹…… 그러나 킥킥 당신

허수경, 그녀의「불우한 악기」라는 시가 있습니다. 그 악기
가 내는 울음소리 같은 시입니다. 그러나 자세히 살펴보면 그 악기
는 울지 않습니다. 엉엉 소리내어 울어야 할 자리에 들어가 있는 것
은 말줄임표이거나, 잦은 쉼표이거나, '킥킥'이라는 짓궂은 듯한 웃
음입니다. 울음은 또한 문장의 도치와 어휘의 반복, 그리고 이미지
의 건너뜀을 통해 행간 속에 숨어 있습니다. 이 시가 아름다운 것은
울음소리를 내지 않고도 독자를 울게 만드는 힘이 있기 때문이지요.
'당신'이라는 그 흔한 2인칭 대명사가 이렇게 절실해서 아픈 시를
나는 본 적 없습니다.
　　당신, 킥킥……, 당신도 그리 생각하시는지요?

별똥

고은

옳거니 네가 나를 알아보누나

단 한줄로 끝나는 시입니다. 별똥이 반짝, 하는 순간만큼
시도 짧습니다.

　　화자는 외로이 밤길을 걷고 있었을 것입니다. 사랑하는 이의 배신
앞에서 절망하고 있거나, 빚을 얻으러 갔다가 얻지 못하고 되돌아가
고 있거나, 일자리를 구하기 위해 주머니에 이력서를 넣어두고 있을
것입니다. 아무도 자신을 인정해주지 않는 세상에다 대고 아마 주먹
질을 하고 싶은 심정이겠지요. 그때 화자의 캄캄한 눈앞에 별똥이
빗금을 그으며 떨어집니다. 별똥 앞에서는 누구나 어린아이가 됩니
다. 어린아이처럼 별똥이 반가웠겠지요. 그 순간에는 별똥만이 화자
를 유일하게 이해해주는 친구입니다. 그리하여 이렇듯 짧은 탄성을
내지를 수밖에 없었겠지요.

겨울 강구항

송수권

상한 발목에 고통이 비듬처럼 쌓인다

키토산으로 저무는 십이월

강구항을 까부수며

너를 불러 한잔하고 싶었다

댓가지처럼 치렁한 열 개의 발가락

모조리 잘라놓고

딱, 딱, 집집마다 게발 때리는 망치 속에 떠오른 불빛

게장국에 코를 박으면

강구항에 눈이 설친다

게발을 때릴수록 밤이 깊고

12월의 막소금 같은 눈발이

포장마차의 국솥에서도 간을 친다.

눈 내리는 강구항에 나도 가고 싶습니다. 당신을 불러 한 잔하고 싶어서요. 강구항에 간다면 정말 눈이 어떻게 '설치는지' 보고 싶습니다. 참 재미있는 구절입니다. 시인이 강구항에 간 날은 밤바람이 좀 불었나봅니다. 눈송이가 이리저리 휩쓸려다닌 모양이지요. 철없이 설쳐대는 아이들처럼 말이지요. 시인도 그 속에 휩쓸리고 싶었는지 모릅니다.

또 하나 재미있는 것은 마지막 두 줄입니다. 눈발이 간을 친다는 부분을 읽으며 나는 무릎을 탁 쳤습니다. 눈발이 설치니까 국솥으로도 빠져들었을 것이고, 막소금 같다고 했으니까 국솥에서는 간이 될 수밖에 없는 거지요. 요즈음은 아무도 음식에다가 간을 치지 않습니다. 이 오래된 우리말 '간을 치다' 앞에서 무릎을 치는 것은 당연한 일이지요.

얼음 호수

손세실리아

제 몸의 구멍이란 구멍 차례로 틀어막고
생각까지도 죄다 걸어닫더니만 결국
자신을 송두리째 염해버린 호수를 본다
일점 흔들림 없다 요지부동이다
살아온 날들 돌아보니 온통 소요다
중간중간 위태롭기도 했다
여기 이르는 동안 단 한번이라도
세상으로부터 나를
완벽히 봉(封)해본 적 있던가
한 사나흘 죽어본 적 있던가
없다, 아무래도 엄살이 심했다

마치 이육사의 시 「절정」을 다시 보는 듯합니다. 자신을 송두리째 염하고 완벽히 봉한다는 것, 그것은 생의 어떤 극점에 이르렀다는 뜻입니다. 거기에 이르러서야 소요와 엄살로 점철된 지나온 시간을 온전하게 성찰하게 됩니다. 우리는 꿈틀거리면서도 죽은 척하며 살아오지 않았는지? 한 사나흘 죽어보지도 않고 힘들어 죽겠다고 엄살을 피운 건 아닌지? 반성 없이는 새로운 세상을 맞이할 수 없는 법입니다.

당신도 때로 스스로의 존재를 이렇게 봉하고 싶을 때가 있지요?

청춘 1

권혁웅

그대 다시는 그 눈밭을 걸어가지 못하리라
그대가 낸 길을 눈들이 서둘러 덮어버렸으니
붕대도 거즈도 없이
돌아갈 길을 지그시 눌러버렸으니

다시는 돌아가지 못할 날들을 생각하며 읽습니다. 살아온 날들을 생각하며 읽습니다. 여러번 읽습니다. 벽에 붙여놓고 읽습니다. 소리내어 읽습니다. 그러다보면 '청춘'이라는 이 고색창연한 말이 혹시 내게 다가올 미래가 되지 않을까, 그럴 수도 있을까, 생각하며 읽습니다.

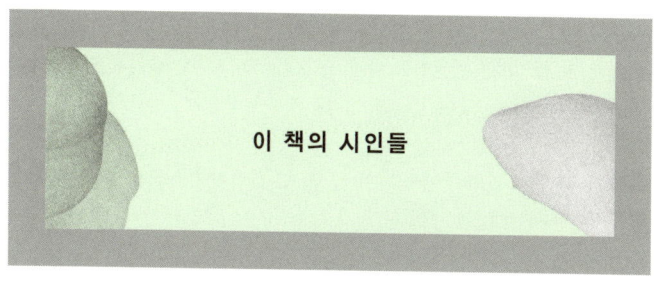

이 책의 시인들

강미정 ● 1962년 경남 김해에서 태어나 1994년『시문학』으로 등단. 시집
『타오르는 생』『물 속 마을』『상처가 스민다는 것』등이 있음.

고　은 ● 1933년 군산에서 태어나 1958년『현대문학』으로 등단. 시집『피
안감성』『고은시전집』『만인보』『두고 온 시』, 시선집『어느 바람』등이 있
으며, 만해문학상 은관문화훈장 중앙문화대상 대산문학상 등을 수상함.

고형렬 ● 1954년 전남 해남에서 태어나 1979년『현대문학』으로 등단. 시
집『대청봉 수박밭』『성에꽃 눈부처』『김포 운호가든집에서』『밤 미시령』
등이 있으며, 백석문학상 지훈상 일연문학상 등을 수상함.

권혁웅 ● 1967년 충주에서 태어나 1996년 중앙일보 신춘문예에 평론으
로, 1997년『문예중앙』에 시로 등단. 시집『황금나무 아래서』『마징가 계보
학』『그 얼굴에 입술을 대다』등이 있으며 현대시동인상, 시인협회 젊은 시
인상 등을 수상함.

길상호 ● 1973년 충남 논산에서 태어나 2001년 한국일보 신춘문예로 등
단. 시집『오동나무 안에 잠들다』『모르는 척』이 있으며, 현대시동인상, 이
육사문학상 신인상을 수상함.

김경미 ● 1959년 경기도 부천에서 태어나 1983년 중앙일보 신춘문예로 등단. 시집 『쓰다 만 편지인들 다시 못 쓰랴』『이기적인 슬픔들을 위하여』『밤, 나의 세컨드는』 등이 있으며, 노작문학상을 수상함.

김경주 ● 1976년 광주에서 태어나 2003년 서울신문 신춘문예로 등단. 시집 『나는 이 세상에 없는 계절이다』가 있음.

김규동 ● 1925년 함북 종성에서 태어나 1948년 『예술조선』으로 등단. 시집 『나비와 광장』『오늘밤 기러기떼는』『죽음 속의 영웅』『느릅나무에게』 등이 있으며, 은관문화훈장 만해문학상 자유문인협회상 등을 수상함.

김기택 ● 1957년 경기도 안양에서 태어나 1989년 한국일보 신춘문예로 등단. 시집 『태아의 잠』『바늘구멍 속의 폭풍』『사무원』『소』 등이 있으며, 김수영문학상 현대문학상 이수문학상 미당문학상 등을 수상함.

김남극 ● 1969년 강원도 봉평에서 태어나 2003년 『유심』으로 등단. 시집 『하룻밤 돌배나무 아래서 잤다』가 있음.

김남조 ● 1927년 대구에서 태어나 1950년 연합신문으로 등단. 시집 『목숨』『정념의 기』『겨울 바다』『설일』『사랑초서』『동행』『사랑하리, 사랑하라』 등이 있으며, 대한민국문화예술상 은관문화훈장 한국시협상 서울시문화상 등을 수상함.

김종길 ● 1926년 경북 안동에서 태어나 1947년 경향신문 신춘문예로 등단. 시집 『성탄제』『달맞이꽃』『해가 많이 짧아졌다』 등이 있으며, 목월문학상, 이육사 시문학상, 청마문학상 등을 수상함.

김태형 ● 1970년 서울에서 태어나 1992년 『현대시세계』로 등단. 시집 『로큰롤 헤븐』 『히말라야시다는 저의 괴로움과 마주한다』 등이 있음.

남진우 ● 1960년 전주에서 태어나 1981년 동아일보 신춘문예에 시로, 1983년 중앙일보 신춘문예에 평론으로 등단. 시집 『죽은 자를 위한 기도』 『타오르는 책』 『새벽 세시의 사자 한 마리』 등이 있으며, 김달진문학상 소천비평문학상 현대문학상 대산문학상 등을 수상함.

렴형미 ● 함북 청진에서 태어나 1999년 전국군중문학 현상공모에 1등으로 당선되어 등단. 한결같이 여성의 목소리로 다양한 삶과 운명을 작품화한다는 점에서 북한의 젊은 문학가 중에서 이채로운 시세계를 선보임.

문인수 ● 1945년 경북 성주에서 태어나 1985년 『심상』으로 등단. 시집 『뿔』 『홰치는 산』 『동강의 높은 새』 『쉬!』 『배꼽』 등이 있으며, 미당문학상 김달진문학상 노작문학상 편운문학상 등을 수상함.

박규리 ● 1960년 서울에서 태어나 1995년 『민족예술』로 등단. 시집 『이 환장할 봄날에』가 있음.

박남준 ● 1957년 전남 법성포에서 태어나 1984년 『시인』으로 등단. 시집 『세상의 길가에 나무가 되어』 『풀여치의 노래』 『그 숲에 새를 묻지 못한 사람이 있다』 『다만 흘러가는 것들을 듣는다』 『적막』 등이 있음.

박성우 ● 1971년 전북 정읍에서 태어나 2000년 중앙일보 신춘문예로 등단. 시집 『거미』 『가뜬한 잠』이 있으며, 신동엽창작상을 수상함.

박제영 ● 1966년 강원도 춘천에서 태어나 1992년 『시문학』으로 등단. 시집 『소통을 위한, 나와 당신의』 『푸르른 소멸: 플라스틱 플라워』 『뜻밖에』 등이 있음.

박형준 ● 1966년 전북 정읍에서 태어나 1991년 한국일보 신춘문예로 등단. 시집 『나는 이제 소멸에 대해서 이야기하련다』 『빵냄새를 풍기는 거울』 『물속까지 잎사귀가 피어 있다』 『춤』 등이 있으며, 현대시학작품상 동서문학상 등을 수상함.

백무산 ● 1955년 경북 영천에서 태어나 1984년 『민중시』로 등단. 시집 『만국의 노동자여』 『동트는 미포만의 새벽을 딛고』 『인간의 시간』 『길은 광야의 것이다』 『초심』 등이 있으며, 이산문학상 만해문학상을 수상함.

복효근 ● 1962년 전북 남원에서 태어나 1991년 『시와시학』으로 등단. 시집 『당신이 슬플 때 나는 사랑한다』 『버마재비 사랑』 『새에 대한 반성문』 등이 있으며, 편운문학상, 시와시학 젊은 시인상을 수상함.

서정춘 ● 1941년 전남 순천에서 태어나 1968년 신아일보 신춘문예로 등단. 시집 『竹篇』 『봄, 파르티잔』 『귀』 등이 있으며, 박용래문학상 유심문학상 순천문학상 등을 수상함.

손세실리아 ● 1963년 전북 정읍에서 태어나 2001년 『사람의 문학』으로 등단. 시집 『기차를 놓치다』가 있음.

송수권 ● 1940년 전남 고흥에서 태어나 1975년 『문학사상』으로 등단. 시집 『산문(山門)에 기대어』 『꿈꾸는 섬』 『아도』 『언 땅에 조선매화 한 그루 심고』 등이 있으며, 정지용문학상 소월시문학상 김달진문학상 영랑시문학상 등을 수상함.

송승환 ● 1971년 광주에서 태어나 2003년 『문학동네』에 시로, 2005년 『현대문학』에 평론으로 등단. 시집 『드라이아이스』가 있음.

송종찬 ● 1966년 전남 고흥에서 태어나 1993년 『시문학』으로 등단. 시집 『그리운 막차』 『손끝으로 달을 만지다』 등이 있음.

송찬호 ● 1959년 충북 보은에서 태어나 1987년 『우리 시대의 문학』으로 등단. 시집 『흙은 사각형의 기억을 갖고 있다』 『10년 동안의 빈 의자』 『붉은 눈, 동백』 등이 있음.

신현정 ● 1948년 서울에서 태어나 1974년 『월간문학』으로 등단. 시집 『대립』 『염소와 풀밭』 『자전거 도둑』 등이 있으며, 서라벌문학상 한국시문학상 한국시협상 등을 수상함.

오탁번 ● 1943년 충북 제천에서 태어나 1967년 중앙일보 신춘문예에 시로, 1969년 대한일보 신춘문예에 소설로 등단. 시집 『겨울강』 『아침의 예언』 『생각나지 않는 꿈』 등이 있으며 한국문학작가상 동서문학상 한국시협상 등을 수상함.

유강희 ● 1967년 전북 완주에서 태어나 1987년 서울신문 신춘문예로 등단. 시집 『불태운 시집』 『오리막』 등이 있음.

유안진 ● 1941년 경북 안동에서 태어나 1965년 『현대문학』으로 등단. 시집 『절망시편』 『봄비 한 주머니』 『다보탑을 줍다』 등이 있으며, 정지용문학상 월탄문학상 한국펜문학상 등을 수상함.

유재영 ● 1948년 충남 천안에서 태어나 1973년 『시조문학』 『현대시학』

등에 시와 시조를 발표하며 등단. 시집 『한 방울의 피』 『지상의 중심이 되어』 『고욤꽃 떨어지는 소리』, 시조집 『햇빛시간』 등이 있음.

유홍준 ● 1962년 경남 산청에서 태어나 1998년 『시와반시』로 등단. 시집 『喪家에 모인 구두들』 『나는, 웃는다』 등이 있으며, 윤동주문학상 시작문학상 등을 수상함.

이대흠 ● 1967년 전남 장흥에서 태어나 1994년 『창작과비평』에 시로, 1999년 『작가세계』에 소설로 등단. 시집 『상처가 나를 살린다』 『눈물 속에는 고래가 산다』 『물 속의 불』 등이 있으며, 현대시동인상 애지문학상 등을 수상함.

이면우 ● 1951년 대전 출생. 시집 『저 석양』 『아무도 울지 않는 밤은 없다』 등이 있으며, 노작문학상을 수상함.

이문재 ● 1959년 경기도 김포에서 태어나 1982년 『시운동』으로 등단. 시집 『내 젖은 구두 벗어 해에게 보여줄 때』 『산책시편』 『마음의 오지』 『제국호텔』 등이 있으며, 김달진문학상, 시와시학 젊은 시인상, 소월시문학상, 지훈상 등을 수상함.

이병률 ● 1967년 충북 제천에서 태어나 1995년 한국일보 신춘문예로 등단. 시집 『당신은 어딘가로 가려한다』 『바람의 사생활』 등이 있으며, 현대시학 작품상을 수상함.

이윤학 ● 1965년 충남 홍성에서 태어나 1990년 한국일보 신춘문예로 등단. 시집 『먼지의 집』 『아픈 곳에 자꾸 손이 간다』 『그림자를 마신다』 『너는 어디에도 없고 언제나 있다』 등이 있으며, 김수영문학상 등을 수상함.

이정록 ● 1964년 충남 홍성에서 태어나 1989년 대전일보 신춘문예와 1993년 동아일보 신춘문예로 등단. 시집『풋사과의 주름살』『버드나무 껍질에 세들고 싶다』『의자』『제비꽃 여인숙』 등이 있으며, 김수영문학상 김달진문학상 등을 수상함.

장석남 ● 1965년 인천 덕적도에서 태어나 1987년 경향신문 신춘문예로 등단. 시집『새떼들에게로의 망명』『지금은 간신히 아무도 그립지 않을 무렵』『왼쪽 가슴 아래께에 온 통증』『미소는, 어디로 가시려는가』 등이 있으며, 김수영문학상 현대문학상 등을 수상함.

장철문 ● 1966년 전북 장수에서 태어나 1994년『창작과비평』으로 등단. 시집『바람의 서쪽』『산벚나무의 저녁』 등이 있음.

정끝별 ● 1964년 전남 나주에서 태어나 1988년『문학사상』에 시로, 1994년 동아일보 신춘문예에 평론으로 등단. 시집『자작나무 내 인생』『삼천갑자 복사빛』 등이 있으며, 소월시문학상을 수상함.

정　양 ● 1942년 전북 김제에서 태어나 1968년 대한일보 신춘문예로 등단. 시집『까마귀떼』『수수깡을 씹으며』『빈집의 꿈』『살아 있는 것들의 무게』『길을 잃고 싶을 때가 많았다』 등이 있으며, 아름다운 작가상, 백석문학상 등을 수상함.

정윤천 ● 1960년 전남 화순에서 태어나 1990년 무등일보 신춘문예와 1991년『실천문학』으로 등단. 시집『생각만 들어도 따숩던 마을의 이름』『흰 길이 떠올랐다』『탱자꽃에 비기어 대답하리』『구석』 등이 있음.

조정권 ● 1949년 서울에서 태어나 1970년『현대시학』으로 등단. 시집『비를 바라보는 일곱 가지 마음의 형태』『하늘이불』『산정묘지』『신성한 숲』
『떠도는 몸들』 등이 있으며, 녹원문학상 한국시협상 현대문학상 김수영문학
상 소월시문학상 등을 수상함.

함민복 ● 1962년 충북 중원에서 태어나 1988년 『세계의 문학』으로 등단.
시집『우울氏의 一日』『자본주의의 약속』『모든 경계에는 꽃이 핀다』『말랑
말랑한 힘』 등이 있으며, 오늘의 젊은 예술가상을 수상함.

허수경 ● 1964년 경남 진주에서 태어나 1987년 『실천문학』으로 등단. 시
집『슬픔만한 거름이 어디 있으랴』『혼자 가는 먼 집』『내 영혼은 오래되었
으나』『청동의 시간 감자의 시간』 등이 있으며, 동서문학상을 수상함.

홍신선 ● 1944년 경기도 화성에서 태어나 1965년 『시문학』으로 등단. 시
집『겨울섬』『우리 이웃 사람들』『다시 고향에서』『황사 바람 속에서』 등이
있으며, 녹원문학상 현대문학상 경기도문화상 등을 수상함.

황동규 ● 1938년 서울에서 태어나 1958년 『현대문학』으로 등단. 시집『어
떤 개인 날』『풍장』『외계인』『버클리풍의 사랑노래』『우연에 기댈 때도 있
었다』『꽃의 고요』 등이 있으며, 현대문학상 이산문학상 대산문학상 미당문
학상 등을 수상함.

황지우 ● 1952년 전남 해남에서 태어나 1980년 중앙일보 신춘문예와 『문
학과지성』으로 등단. 시집『새들도 세상을 뜨는구나』『게 눈 속의 연꽃』『어
느날 나는 흐린 주점에 앉아 있을 거다』 등이 있으며, 백석문학상 소월시문
학상 김수영문학상 현대문학상 등을 수상함.

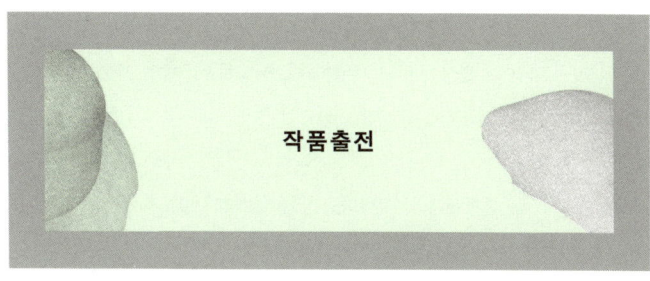

작품출전

김남조 「참회」 —『사랑하리, 사랑하라』, 랜덤하우스코리아 2006

강미정 「참 긴 말」 —『작가와사회』 2006년 봄호

송승환 「지퍼」 —『드라이아이스』, 문학동네 2007

박남준 「거울 풍경」 —『적막』, 창비 2005

홍신선 「사람이 사람에게」 —『우리 이웃 사람들』, 문학과지성사 1984;

　　　　『홍신선 시전집』, 산맥출판사 2004에 재수록

이문재 「도보순례」 —『제국호텔』, 문학동네 2004

오탁번 「폭설」 —『손님』, 황금알 2006

이병률 「별의 각질」 —『바람의 사생활』, 창비 2006

유안진 「춘천은 가을도 봄이지」 —『현대시학』 2007년 8월호

장석남 「목돈」 —『미소는, 어디로 가시려는가』, 문학과지성사 2005

유홍준 「백년 정거장」 —『나는, 웃는다』, 창비 2006

박규리 「그 변소간의 비밀」 —『이 환장할 봄날에』, 창비 2004

이대흠 「동그라미」 —『물 속의 불』, 천년의 시작 2007

송종찬 「손끝으로 달을 만지다」 —『손끝으로 달을 만지다』, 작가 2007

정끝별 「가지가 담을 넘을 때」 —『삼천갑자 복사빛』, 민음사 2005

김경주 「눈 내리는 내재율」

　　　　―『나는 이 세상에 없는 계절이다』, 랜덤하우스중앙 2006

럼형미 「아이를 키우며」―『ASIA』 2007년 봄호

함민복 「눈물은 왜 짠가」

　　　　―『모든 경계에는 꽃이 핀다』, 창작과비평사 1996

송찬호 「찔레꽃」―『실천문학』 2006년 여름호

김남극 「첫사랑은 곤드레 같은 것이어서」

　　　　―『하룻밤 돌배나무 아래서 잤다』, 문학동네 2008

길상호 「향기로운 배꼽」―『모르는 척』, 천년의시작 2007

김경미 「야채사(野菜史)」―『현대시학』 2003년 3월호

이면우 「소쩍새 울다」

　　　　―『아무도 울지 않는 밤은 없다』, 창작과비평사 2001

백무산 「호미」―『내일을 여는 작가』 2006년 겨울호

유재영 「와온(臥溫)의 저녁」―『현대시』 2006년 10월호

김규동 「산」―『느릅나무에게』, 창비 2005

박성우 「물의 베개」―『가뜬한 잠』, 창비 2007

김태형 「유묵」―『현대시학』 2006년 7월호

정　양 「보리방귀」―『길을 잃고 싶을 때가 많았다』, 문학동네 2005

남진우 「모자 이야기」

　　　　―『새벽 세시의 사자 한 마리』, 문학과지성사 2006

문인수 「쉬」―『쉬!』, 문학동네 2006

박형준 「저곳」―『물속까지 잎사귀가 피어 있다』, 창작과비평사 2002

김기택 「자전거 타는 사람」―『소』, 문학과지성사 2005

김종길 「여울」
　　　―『성탄제』, 삼애사 1969;『천지현황』, 미래사 1991에 재수록

박제영 「늙은 거미」―『뜻밖에』, 애지 2008

고형렬 「달려라, 호랑아」―『밤 미시령』, 창비 2006

정윤천 「어디 숨었냐, 사십마넌」―『구석』, 실천문학사 2007

이윤학 「꼭지들」―『아픈 곳에 자꾸 손이 간다』, 문학과지성사 2000

서정춘 「기러기」―『귀』, 시와시학사 2005

황동규 「훼방동이!」―『꽃의 고요』, 문학과지성사 2006

복효근 「목련꽃 브라자」―『목련꽃 브라자』, 천년의시작 2005

황지우 「저물면서 빛나는 바다」
　　　―『어느 날 나는 흐린 주점에 앉아 있을 거다』, 문학과지성사 1998

이정록 「나도 이제 기와불사를 하기로 했다」
　　　―『내일을 여는 작가』 2007년 봄호

유강희 「억새꽃」―『오리막』, 문학동네 2005

조정권 「같이 살고 싶은 길」―『떠도는 몸들』, 창비 2005

신현정 「달빛 소나타」―『자전거 도둑』, 애지 2005

장철문 「흰 국숫발」―『시와사람』 2005년 겨울호

허수경 「혼자 가는 먼 집」―『혼자 가는 먼 집』, 문학과지성사 1992

고　은 「별똥」―『뭐냐:고은 禪詩』, 청하 1991;
　　　『어느 바람』, 창작과비평사 2002에 재수록

송수권 「겨울 강구항」―『언 땅에 조선매화 한 그루 심고』, 시학 2005

손세실리아 「얼음 호수」―『기차를 놓치다』, 애지 2006

권혁웅 「청춘 1」―『그 얼굴에 입술을 대다』, 민음사 2007

문학집배원 안도현의 시배달

당신이라는 말 참 좋지요

초판 1쇄 발행／2008년 6월 10일
초판 11쇄 발행／2017년 10월 20일

엮은이／안도현
펴낸이／강일우
책임편집／박신규
펴낸곳／(주)창비
등록／1986년 8월 5일 제85호
주소／10881 경기도 파주시 회동길 184
전화／031-955-3333
팩스／영업 031-955-3399 · 편집 031-955-3400
홈페이지／www.changbi.com
전자우편／lit@changbi.com

ISBN 978-89-364-7144-6 03810

당신이라는 말 참 좋지요 — 문학집배원 안도현의 시배달

육성낭송시집(MP3)

◆ 강미정 송찬호 이면우 정양 시인의 작품은 안도현 시인이, 나머지 작품은 시인이 직접 낭송했습니다.

펴낸곳 (주)창비 **펴낸이** 고세현 **주소** 413-756 경기도 파주시 교하읍 문발리 513-11 **전화** 031-955-3333 **홈페이지**
www.changbi.com I **CD 콘텐츠 기획·제작** 한국문화예술위원회 문학나눔사무국 **프로듀서** 김태형 **음악** 권재욱 외
주소 110-766 서울시 종로구 동숭동 1-130 **전화** 02-760-4695 **홈페이지** www.for-munhak.or.kr
● 비매품_이 CD 내용의 일부 또는 전부를 재수록하려면 반드시 저작권자와 (주)창비의 허락을 얻어야 합니다.
● 음원을 사용할 수 있도록 허락해주신 분들께 감사드립니다.